錬金術師も楽じゃない？

登場人物紹介
アル
聖王国の密偵。
訳アリなのか、常に顔を隠す美青年。
花と出会い、彼女の予想もつかない
言動に振り回されることに。
花
マイペースなフリーター。
突然の異世界生活にもかかわらず
明るく生き抜く逞《たくま》しい女子。
画力が壊滅的で、あだ名は「画伯」。
ポン太
花が異世界で拾った生き物。
見た目は完全にタヌキだが、
妙に賢くて強い。

戦士
勇者の供の一人。
世間知らずの勇者を
馬鹿にしている。
勇者
聖王国に選ばれた勇者。
魔王討伐を自分の
使命と信じ、
各地で尊大に
振る舞っている。
僧侶
勇者の供の一人。
特権階級意識が強く
アルに冷たく
当たっている。
謎の少年
気弱な引き籠もりの少年。
彼も不思議な力を
持っているようで……？
魔法使い
勇者の供の一人。
腕はいいが、
派手好きで
ちょっと軽薄。
レビーナ
魔族の女性。
魔王の側近として
最近、魔王の不調に
悩んでいる。

目次

第一章　紙切れの通知で異世界行き

山田花《やまだはな》、あだ名は花子。あだ名の方が長いなんて理不尽だが、皆が皆「どうしてお約束の花子じゃないんだ」と言うので呼ばれ慣れている。

高卒フリーターの二十歳。サラリーマン家庭で両親と弟との四人暮らし、一攫千金《いっかくせんきん》や玉《たま》の輿《こし》なんぞという夢は抱かず、「普通が一番」が座右《ざゆう》の銘《めい》。

恋愛に必死になる性格ではなく、お洒落《しゃれ》や化粧に費《つい》やす熱意も金もない。そんな余裕があるのなら、ぐーたらと寝ていたいナマケモノ体質だ。

そのせいで、いつもショートボブの髪型にTシャツとジーパンという、洒落《しゃれ》っ気のない格好。

それが山田花という女、そう、自分だ。

「それがどうして、こうなった」

花は愛車である自転車に跨《また》がったまま、見渡す限りなにもない草原を呆然と眺めた。

いや、なにもないわけではない。少し離れたところに、薄汚れた茶色い物体がポツンと落ちている。あれは誰かの落とし物だろうか？

混乱しつつも、花はまず、ここに至るまでの状況を整理しはじめる。

花はアルバイトを終えて、自転車に乗って家に帰るところだった。ちなみに自転車は普通のママチャリだ。信号が赤から青に変わり、自転車を発進させた次の瞬間、何故かこの草原にいた。

——意味わからんわ！

最初は突然トラックに突っ込まれてあえなく死亡し、あの世に来てしまったのかと思ったものの、天国っぽいお花畑もないし、賽《さい》の河原《かわら》も見当たらない。

もしくはちょっと前のライトノベルでたまに見た、魔法陣によって召喚されたなどの状況にしては、出迎える怪しいフードの連中もいない。

「なんで、どうして草原？」

何度周囲を見ても、草以外なにもない場所である。

「落ち着け、落ち着こう、落ち着くんだ自分」

花は自分自身にちっとも落ち着けない声をかけながら、とりあえず自転車から降りる。カゴにある普段使いのリュックを漁《あさ》り、飲みかけのミネラルウォーターを探り当て、ラッパ飲みした。

ゴクゴクッ……

喉が渇いていたわけではないのだが、混乱を紛《まぎ》らわせるために一気飲みする。飲みかけだっただけあり、すぐ空《から》になった。

「……うん？」

花は空《から》になったペットボトルをリュックにしまおうとして、見覚えのない紙束が入っていることに気付く。雑貨屋で女の子向けに売っていそうな、小さくて可愛らしい便箋《びんせん》だ。

――怪しい……

だが、現状に繋《つな》がるヒントを得られるかと思い、紙束を読んでみる。

『拝啓　山田花様、本日はお日柄もよく……』

ありきたりな時候の挨拶《あいさつ》ながら、とても長くて一枚目で終わらない。

花はイラッとすると同時に悪い予感がした。メールなんかでも、相手がなかなか本題に入ろうとしない時は、言いにくい内容であることが多い。

挨拶《あいさつ》に便箋《びんせん》二枚も費《つい》やされたところで、本題らしきことが垣間見《かいまみ》えてきた。

『花様は異世界を信じますか？』

――なんか悪い予感しかしないんだけど。

便箋《びんせん》を捨てたくなったが、我慢して読み進める。続く内容を要約すると、こういうことだ。

この世には複数の世界があって、それらの世界は抱える魂《たましい》の量によって重くなったり軽くなったりする。そして、それぞれの世界の重さが偏《かたよ》らないように、バランスをとっているそうだ。

そのうちのとある世界――つまりは地球で魂《たましい》が容量オーバー気味となり、世界同士のバランスが崩れそうになっていたんだとか。そこで世界のバランスを保つため、他の人より魂《たましい》が大きい人間――というか花を、魂《たましい》が不足気味の世界へ移そう！　と発案され、実行された。

なおこれは世界の都合によるものなので、花の家族その他に対するフォローとして、花の存在は最初からなかったことに改ざんしてあるという。

以上のことが、便箋《びんせん》五枚にわたって、言い訳がましく書かれてあった。

「んな大事な話、直接言いに来いや！」

花は思わず便箋《びんせん》を握り潰しそうになる。

今時バイトの面接の結果通知だって、もっとちゃんとやるだろう。それがこんな便箋《びんせん》で、世界の強制引っ越しを教えられるなんて。家族その他より先に、本人へのフォローが欲しい。

怒りのあまり、花は手紙の送り主に文句をたれ流す。

「ってことはなに？　ここって異世界なの？」

しかし、草しかないこの場所を見て悟れというのは無理な話だ。

納得どころか頭が真っ白になる花だったが、便箋《びんせん》はまだ終わっていなかった。

『もちろん！　ご迷惑をおかけする花様に、なんのサービスもしないわけなどありません！　異世界で快適な生活を送っていただくために、花様及び花様の身の回りの健康を保障し、さらにピッタリのものをリュックにご用意しました！』

――ピッタリの、もの？

花は半信半疑ながらも、リュックの中をゴソゴソと漁《あさ》ってみる。すると、またもや見覚えのない物体が出てきた。

「……ペン？」

それは武骨な太くて黒いペンだ。デザインは有名筆記用具メーカーのものに似ている。ペンの側面には「ラッキー」と書かれていて、その横に丸くて白い模様《もよう》と、下に細いグラデーションの線がついていた。

――なによこれ？

花は眉間に深い皺《しわ》を刻《きざ》みながら、便箋《びんせん》の続きを読む。

『それは普通のペンではなく、描いたものが本物になるという、まさに魔法《マジック》のペン！　花様の経歴書を読ませていただいたところ、画伯という称号を発見しましたので、これしかないと直感した次第です。紙がなくてもどこにでも描くことができて、生き物以外ならなんでも作り出せます。ぜひこれで、快適で楽しい異世界生活を！』

その後便箋《びんせん》には、ペンの取り扱い説明みたいな内容が記されており、最後に「神より」と書かれてあった。

花の便箋《びんせん》を握る手は、フルフルと震えている。

「アホかーー‼」

花は空に向けて叫ぶ。この神とやらがどんな経歴書を読んだのか知らないが、これはあんまりだ。

「経歴書だけで採用とか、間違いのもとなんじゃあ！　面接を要求する‼」

それというのも、花にとって「画伯」という称号は褒《ほ》め言葉ではないからだ。幼少の頃から高校を卒業するまでついて回った、忌々《いまいま》しい呼び名である。

子供の頃は、パンでできた大人気のヒーローを描いては「お化《ば》けー！」と友達に泣かれ、図工で風景画を描いては「芸術的すぎて理解不能」と言われた。そして、宿題で両親の顔を描いたら「弟の落書きを持ってきてはいけない」と先生に諭《さと》された挙句《あげく》、当時幼稚園年少だった弟に「僕こんなに下手じゃない！」とマジギレされた。

つまり花は、絵を描くことが天才的に下手なのだ。そんな自分にお絵かき用のペンとか、無用の長物《ちょうぶつ》どころか害悪でしかない。

「他のサービスにチェンジを求む‼」

花は声が嗄《か》れるまで叫んだものの、願いは叶わなかった。

その後ひとしきり嘆《なげ》いてみても、現実は変わらない。叫びすぎて喉が渇いただけだ。

――くっそう、こんなことならさっき、水を一気飲みするんじゃなかった。

水分はもうない。リュックに入っているのはバランス栄養食的なおやつに、中身の軽い財布、スマホと充電器。それ以外に、一本のペンだ。

改めて見てみると花が見慣れているあのペン同様、左右で太い方と細い方に分かれており、「ラッキー」という文字のフォントも同じ。一見お洒落《しゃれ》なこの名前にも、パクリ疑惑が浮上する。

とりあえず今言えることは、このままじっとしていてもどうしようもないということだ。

「……これしかないか」

花は覚悟を決め、ペンの取り扱い説明を読んだ。

『一、まずは使う方のペンのキャップを外します』

昔からペンの太い方は使いにくくて苦手なので、細い方のキャップを外す。

『二、絵を描きましょう。空中以外なら、どこにでも描けます』

花はどこに描こうかと考える。一瞬便箋《びんせん》の裏紙を使おうかと思ったが、ノートやメモ帳を持ち歩いていない花にとって、貴重なメモ用紙である。いつ必要になるかわからないので却下だ。

なので「どこにでも描ける」という説明を信じて、地面に描いてみることにした。それでも草ぼうぼうの上に描ける気がしなかったので、足元の草を適度に千切《ちぎ》り、なるべく平らにならす。

「うん、やるぞ」

ごくりと唾を呑み込み、草がまばらに千切《ちぎ》られた地面にペン先を当てる。するとペンが触れた地面に、黒いインクの色がついた。

「……おお⁉」

驚いた花は、震える手を必死に動かし絵を描く。そうして完成したのはペットボトルの絵だ。だが花以外の者が見れば、変に歪《ゆが》んだ細長い四角だと思うかもしれない。

「よし次！」

花は張り切って説明の続きを読む。

『三、本体についているボタンを押せば、物体に変わります。物体を消去したい時は、物体に触れながらもう一度ボタンを押せば消えます』

「ラッキー」という名前の横に付いている、丸くて白いアクセントがボタンらしい。

「おっしゃ、出てこい！」

花は少しワクワクしながら、ポチッとボタンを押す。

シーン……

しかし、なにも起きなかった。

「なんでさ⁉」

花はペンを地面に投げつけそうになったが、なんとか踏みとどまる。

「待て待て、なんか見落としているのかも」

自分に言い聞かせ、もう一度取り扱い説明を読んだ。

すると使い方の後に、注釈が書いてあった。このペンは描かれた内容と本人のイメージの両方が世界に認識されて、そこで初めて物質を創造するらしい。

「ってことは、世界はこれがなんだかわからなかったってこと？」

花は改めて自分が描いた絵を見る。そして、これだと中身がなんなのか、他人にはわからないかもしれないとようやく気付いた。本人のイメージという点に関しても、特に具体的にイメージしていたわけではない。

「よし、仕切り直しだ」

花はペットボトルの絵に、ミカンの絵を足す。そして少し考えた後、保険として、「オレンジ」という言葉も足した。

——今度こそ！

「出てこい、オレンジジュース！」

花はイメージしていますというアピールも兼ねて、声にしながらボタンを押す。

すると……

カーン！

軽い鐘の音が鳴った次の瞬間、花が描いた絵が光った。

「うわっ！」

驚いた花は一歩後ずさる。

光が消えると、そこにはオレンジ色の液体が入った瓶があった。

「成功!?」

だが、喜ぶのはまだ早い。

――これの中身が、絵の具とかで色をつけられた水だったらどうする。

ペンの真贋《しんがん》以前に己の画力を信用していない花は、確認のため瓶のキャップをネジネジして開ける。栓抜きが必要なタイプでなかったことにホッとしつつ、匂いを嗅《か》いでみた。

クンクン……

匂いはオレンジジュースっぽい。次に中身を少し手のひらに零《こぼ》し、恐る恐る舐《な》めてみる。甘さの中にも酸味を感じる、フレッシュジュースらしい味がした。

「……オレンジジュースだ」

花は感動して泣きそうになる。

――大事に飲もう。

初めて成功したことと、貴重な水分であることを踏まえて、さっきみたいなラッパ飲みは避けた。

オレンジジュースを飲んでひと心地ついたところで、花は離れたところにあった薄汚れた茶色い物体が気になった。名前や住所が書いてあるかもしれないと思って、近寄ってみる。

――なによこれ？

焦《こ》げ茶色のちょっと小太りな身体に、独特の黒い模様《もよう》、短い四つ足にもっさりとした尻尾の生き物だ。これは、アライグマとよく間違われ、尻尾にシマ模様《もよう》があるなしで判別される、あの……

「タヌキ？」

茶色い物体の正体が落とし物ではなく生き物だったことに、花は間抜けな声を上げた。

タヌキは人間が近くまで寄ってもピクリとも動かない。怪我《けが》をしているのか、毛皮に血を付けてぐったりとしている。花が恐る恐る指で突《つつ》くとピルピルと耳が震えたので、死んではいないようだ。呼吸もしっかりしていた。

――このタヌキ、どうすればいいの？

突然の異世界で血まみれタヌキとの遭遇《そうぐう》である。驚きすぎたせいか、脳裏に「タヌキは食べられるのか？」という疑問が浮かんだ。

けれども、タヌキ肉が美味《おい》しいなんて聞いたことがなかった。もし美味《おい》しかったら、食用タヌキなどが流通していたかもしれない。しかし日本にそんなものはなかった。

そもそも花に動物が捌《さば》けるなんて思えない。魚ですら、スーパーに売っている切り身しか触ったことがないのに。

食料にする案は却下として、ではタヌキをどうするかと花は思案する。

――このまま見殺しにするのも、なんだか目覚めが悪いか。

「……今から強制的に一人暮らしだし、生活を潤《うるお》すペットって必要だよね」

花は一人呟いた。

とはいえタヌキを保護するにしても、花には生活する家がない。となると、どうするべきか。

人が文明的な生活をするのに必要なものは衣食住である。服は後回しでも構わないとして、あと残る二つ、食と住《じゅう》のどちらを優先するか考える。

「家を建てるか」

この結論に至った。タヌキのためではなく自分のためを考えても、これが最善だろう。

まず確保すべきは、身の安全だ。花がいるここは日本どころか地球でもない異世界、それも草原のど真ん中。戦う術《すべ》もない花なので、もし草原に凶暴な獣が住んでいれば簡単に死ぬ。

そんな危険から身を守るためにも、やはり優先すべきは住《じゅう》だ。

「よし、やるか！」

こうしてやる気になったのはいいのだが、問題は花の画力で頑丈《がんじょう》な家を作り出せるかということだった。普通に描けば、隙間風《すきまかぜ》の吹き込むあばら小屋ができそうな気がする。

——それ以前に、世界に家だと判定されなかったらどうしよう？

花は小一時間悩んだところで、ふと不動産の広告を思い出す。あれに載っているのは、ほとんどが家の間取り図だ。

「そうか、間取り図を描けばいいのかも！」

家の外観はオレンジジュースの時みたいに、文字と声でフォローが可能ではなかろうか。

——だとしたら、どんな間取りにしようかな。

不安から一転ウキウキ気分な花は、とりあえずワンルームマンションの間取りを参考にすることにした。

「玄関から入ってすぐ部屋で、玄関の右横に台所があって、左横にお風呂、そのまた横にトイレで」

花はありきたりな間取りを思い浮かべながら地面に描いていく。今度は広い範囲に書き込むので、草をブチブチ千切《ちぎ》る手間を省《はぶ》いたが、フサフサな草にもきちんと描けた。さすが魔法のペン、でたらめな性能だ。

頑張って描いた結果、十畳ほどの広さの間取りができた。絵を描くというよりも、大きな四角の中に「台所」や「風呂」と書き込んでいくだけなので、出来上がりもおかしなものではない。

「不都合があったら、また後で足せばいいのよね」

描いている途中、キャップの先に消しゴムがついていることを発見したので、修正は可能だ。

間取りが完成すれば、次に考えるのは外観である。どうせならテンションが上がる家がいい。不本意な異世界生活のはじまりとはいえ、気分は大事だ。そういった意味では、日本風の平屋は気分が盛り上がらない。西洋風の家にするか、いっそのことログハウスとかはどうだろうか。

――ログハウス、いいかもしれない！

そうと決めたら、間取り図の端っこに「ログハウス」と書き込む。もちろん、広告やネットで見たログハウスをイメージすることも忘れないが、保険をかけておくに越したことはない。

花は描き終えた間取り図から一歩下がり、深呼吸をする。

「……よし、行くぞ。平屋建てのログハウスで、お願いします!!」

叫びながらボタンを押した。

カーン、カーン！

オレンジジュースの時と違って、鐘が二つ鳴る。

「おお!?」

ペンを握って見守る花の前で間取り図が光った次の瞬間、立派なログハウスが建っていた。

「やった、成功!!」

どうでもいいが鐘の音が増えたのは、先程よりも上出来だとでも言いたいのだろうか？　それに響きがのど自慢のアレっぽい。完璧な絵を描いたらあの鐘が鳴るのだろうか。たとえそうだとしても、聞ける気がしないが。

そんな謎は置いておくとして、花は早速家の中に入っていく。間取り図通り右横に台所、左横に風呂とトイレがあった。

「しかし、暗いな……」

それもそのはずで、室内に窓がない。そういえば窓を描き忘れていたと気付き、慌てて壁にペンで窓を描く。これも四角い枠《わく》を描いて「窓」と書き込んだ。我ながらもはや絵ではない。

窓と同じ要領で、ついでにベッドとテーブル、イスを描いた。これも床に長方形に「ベッド」、大きな丸と小さな丸にそれぞれ「テーブル」「イス」と書いただけのものだ。

「出てこい、窓とベッドとテーブルとイス！」

カーン！

ボタンを押すと鐘の音が一つ鳴って絵が光り、無事に窓とベッド、テーブルにイスができた。鐘の音が一つなあたり、世界に手抜きを責められた気がする。

花はサッシ窓からの光で明るくなった室内を眺める。天井にはお洒落《しゃれ》なランプシェードが下げられており、壁についているスイッチを入れると明かりがついた。

「電気？　でも蛍光灯とかの明かりとは違う気がするなぁ……ま、いっか」

細かいことは気にせずに、家の中と外が完成したところでインフラチェックだ。

台所を見てみたところ、食器まで完備されているという至れり尽くせりぶり。ダイニングスペースにある丸テーブルに丸イスも、木目調に統一されている。

「おお、蛇口からは水もお湯も出る、コンロに火もつく……どうなってるの？」

こんな草原のど真ん中に、電気はもちろん水道管やガス管が通っているわけはない。どういう仕組みなのか謎だが、気にしたら負けだ。使えればいいのである。

次に風呂場を覗くと、よく見るタイプのユニットバスがあった。脱衣所には洗面台もあり、こちらもシャンプーやリンスに石鹸《せっけん》、タオル完備と、なかなか使い勝手がよさそうだ。どうせ誰も見ないだろうから、花は風呂場にも大きな窓を作ってみた。なんちゃって露天風呂っぽい雰囲気でいい感じだ。

そして寝室スペースにあるベッドは、なんと布団付きだった。ランプシェードといい食器といい、世界が花の画力を哀《あわ》れんでオマケしてくれたのだろうか？　だとしたら世界は案外優しいかもしれない。

――今後のために、拝んどこう。

花は太陽に向かって手を合わせた。

家の中を確かめたところで、いよいよタヌキに手をつけることにした。花は意外と重たいタヌキを抱えてえっちらおっちら中に入れる。

「まずこれどうするの？　治療？」

花は動物の手当の仕方なんて知らない。けれど生き物には生まれつき、自分で自分を治す機能が備わっていると聞く。なので、下手なことをするよりは……と、まずはタヌキの毛皮に付いている血を洗い、後は本人の自己治癒力に任せることにした。

できたばかりの風呂場にタヌキを連れていき、傷口に触らないように気を付けながら、汚れを落としていく。

「えらく汚れてるなぁ」

傷の深さ以上に血で汚れている気がした。もしかすると襲《おそ》ってきた相手にやり返して、返り血を浴びたのだろうか？　だとしたら案外凶暴な奴なのかもしれない。

――タヌキの意識がないうちに、一応ケージを用意するべき？

花は洗い終わったタヌキをタオルで軽く拭《ふ》いて、バスタオルで包《くる》んでおく。そしてベッドから少し離れた場所に、大型犬サイズのケージを描いた。四角の中に縦線を描き込み、動物っぽいものを入れた絵だ。花は犬のつもりだが、他人には熊だか猫だかわからない謎の動物に見えるだろう。

結果として鐘二つでケージができた。鐘二つはこれで二度目だ。どうやら文字での補足がメインになると、手抜きと見なされるらしい。

――まあいいじゃんか、できたんだから。

ケージの中にタヌキを入れ、目が覚めた時のために、水を注いだ皿も入れてケージを閉めた。


住環境が整ったところで、次は食だ。

「異世界で飢《う》え死には嫌だ。なんか食べるものを出したい」

花はテーブルの上に食べ物の絵を描こうとするが、黒いペンで描いても、ちっとも食べ物っぽく見えない。

――カラーペンが欲しいな……

そんなことを思いながらペンをいじっていると、ペンについているグラデーションの線に、目盛りがあることに気付いた。目盛りを動かすと、インクの色が変わる。

「あ、なんだ、これで色が変えられるんじゃないの！」

カラフルな色使いを手に入れたところで、改めてテーブルの上に丸い皿に盛られた食べ物を描く。

――これでよし！

満足そうに頷く本人はカレーライスのつもりなのだが、他人が見たとしたら、とても食べ物には思えないだろう物体Xである。

「カモン、カレーライス！」

シーン……

花は自信満々にボタンを押したものの、鐘の音は鳴らなかった。

「ふっ……、一度の失敗じゃあ、めげないんだから！」

ちょっと難しい絵に挑戦したのが失敗のもとだ。花は続いてオムライスを描く。

が、これもあえなく失敗。

「なんの、まだまだ！」

その後も牛丼、カツ丼、親子丼、他色々と書いてみたが、どれも鐘が鳴らない。ちなみに米類ばかりを描いているのは、昼食が麺類だったからだ。

米類は全敗したところで、おかずもあれこれ描いてみたけれど、こちらも全敗。加工食品であることが悪いのかと考え、野菜や肉、魚など食材を描いてもまたまた全敗だった。やけくそで丸を描いて中に「カレーライス」と書いてみたが、それもダメ。

「……そうさ、これが私の実力さ！」

花は血の涙が出そうだった。そもそも見本もなしにそれっぽく描ける絵心があれば、花の経歴書に「画伯」なんて称号は書かれていないのだ。

思えば工業製品はいい。基本的なフォルムが四角や丸などで描きやすいから。四角を描いてベッドだと言い張れば、ベッドになる。

それに比べて、野菜や動物などをはじめとする自然物は曲線が多く、複雑な造形をしている。四角や丸を描いてカレーライスだと主張されたら、花だって「はぁ？」と言うかもしれない。

文字でフォローするにも、絵に実物と近い雰囲気があってのこと。世界の優しさも、花が描く食べ物をフォローするのは難しいようだ。

想像力という名のゴリ押しの、限界に直面した瞬間だった。

諦めた花は、夕食代わりにオレンジジュースとリュックの中にあったバランス栄養食なおやつを食べることにした。

気付けば窓の外は日が暮れはじめている。

「異世界の夕日も、日本と変わらないか」

花はモソモソと食べながら眺める夕焼けに、大した感傷も抱かなかった。

お腹一杯とはとても言えないが、食事をとれたという事実にとりあえず満足していると、あることに気付いた。

「あ、そういえば自転車を外に置いたままだ！」

異世界がどんな文化を営《いとな》んでいるのかわからない以上、自転車という足は大事だ。盗《と》られたり壊れたりしないように、自転車を家の中に入れる。

やるべきことを終え、花はどっと疲れた。

――明日から、どうしようかな……

こんな草原のど真ん中のスーパーもない場所で、なにを食べていけばいいのか。一応明日の朝食としてバランス栄養食とオレンジジュースを残しておくが、先行きは不安だ。

――明日の心配は、明日しよう。

今日はもう色々と疲れたので、風呂にも入らず早々にふて寝することにした。

寝る前に、タヌキの様子を確認する。時折唸《うな》り声を上げるものの、よく寝ていた。

「よくなってね、ポン太」

花はタヌキを適当な名前で呼んで励《はげ》まし、布団に潜《もぐ》り込んですぐにすこんと眠る。

なので、名前を呼んだ後のタヌキがホワンと光ったことなど、知る由《よし》もなかった。


異世界生活二日目。

「キュー、キュー……」

——なんか変な音がする。

花は窓から差し込む明かりと妙な音で目を覚ました。朝日がまぶしい、カーテンを閉め忘れたか。

——あんな変な音が鳴る家電、ウチにあったっけ？

起き抜けの寝ぼけ頭でそんなことを考えた花は、音から逃げようと寝返りを打つ。

「キュー、キュー！」

花がベッドでモゾモゾし出すと音量が増し、ガッシャンガッシャンという激しい音までする。

「なによ、うっさいわね」

あまりのうるささに仕方なく起きる花だったが、視界に入ったログハウスの室内に現実を思い出し、ため息を漏《も》らす。

——目が覚めたら日本の家だったとか、そんな展開はないか……

もう家族と会えないことを改めて思い知らされ、花は深い息を吐く。理不尽だと思いはしても、相手はなにせ神。文句を言っても通じないだろうと、花は自分を納得させる。

残された家族が泣くわけではないことだけが救いだ。自分の葬式《そうしき》なんて想像したくもない。

「あーやめやめ、朝から暗いのはやめ！」

花は自分に言い聞かせるように叫んだ。

こうしている間も、変な音は続いている。

――ウチにある家電じゃないなら、なんだろう？

欠伸《あくび》混じりに音の方に視線をやると、タヌキがケージの中で暴れていた。そういえば昨日タヌキを拾ったことを、花はようやく思い出す。

「キュー――!!」

「わかった、わかったから」

花はベッドから抜け出し、暴れるタヌキのポン太のケージに歩み寄った。

「グルルルル……」

ポン太は警戒心マックスで、近付いた花に低い唸《うな》り声を上げる。ポン太にしてみれば、気が付いたら家の中にいたのだ。不信感も当然と言えよう。

「にしても元気ね、ポン太。昨日はあんなにぐったりしていたのに」

ケージ越しではあるが、昨日確認した傷痕が見当たらない。いくら生き物に自己治癒力が備わっているとはいえ、一晩で綺麗に治るなんて、それこそ異世界で王道の魔法でもないとありえない。

――まあいいか。

元気なのだから問題ないだろうと、とりあえず唸《うな》るポン太は放っておくことにした。

まずは室内の換気をしようと窓を開ける。朝特有のちょっとひんやりとした空気を吸い込み、深呼吸だ。

「うーん、朝なんだろうけどさぁ」

朝の澄《す》んだ空気で気分が変わるかと思いきや、花は微妙な顔で呟く。

イマイチ爽《さわ》やかな気分にならないのは、たぶん小鳥の鳴き声などが聞こえないことが原因だろう。昨日から感じていたが、この草原は風の音以外の物音がしないのだ。例外はタヌキの唸《うな》り声である。

――呪われた土地とかだったら嫌だなあ。

花の心にそんな不安が過《よ》ぎった。

ともあれ、脱衣所にある洗面台で顔を洗い、さっぱりしたところで朝食だ。昨日残しておいたオレンジジュースとおやつを食べようとリュックの中を見て、花は首を傾げる。

「なんか、増えてない？」

増えているというか、ペットボトルのミネラルウォーターとおやつのバランス栄養食が、封を開けていない新品状態になっていた。オレンジジュースだけがそのままだ。

「……どゆこと？」

花は朝から遭遇《そうぐう》した不思議な現象に頭を抱える。

謎を解明すべく、例の便箋《びんせん》をもう一度読んでみると、すぐに答えらしきものを発見した。

「これかな？　『花様及び花様の身の回りの健康を保障し』って、よく考えたら意味不明だよね」

花自身の健康はわかるが、身の回りの健康とはなんだ？　その答えが、このペットボトルとおやつなのかもしれない。日本から持ち込んだ道具が「身の回り」の範囲に含まれたのだろう。

持ち物をチェックしたところ、財布とリュック、自転車までもがピカピカの新品になっていた。スマホに至っては、買ったその日にうっかり落として付けたキズも消えて、充電も満タンになっている。

「もしかして、使っても減らないとか……いや、昨日はちゃんと減ったか。ということは、朝になると新品に戻る？」

靴も確認すると、ピカピカになっていた。スニーカーが異世界で手に入るかわからないので、これは嬉しい。

それにしても消耗品はともかくとして、持ち物にも健康度があるとは驚きだ。

——私の自転車って、不健康だったんだ。

確かに、タイヤの空気とかはあまり気にしたことがない。花は不健康に使っていた自転車に心の中で謝った。

なんにせよ、最低限の水と食料は確保できるということである。腹持ちのするバランス栄養食を買っておいてよかった、と花はしみじみ思った。

ポン太が元気になったのも、これが原因かもしれない。花が「ポン太」なんて名前を付けたことでペット扱いになり、「身の回りの健康」の範囲に入ったのだろう。

――ポン太が元気になったなら、まあいいか。

不思議現象について、深く考えないことにする。

スマホが使えるならばと、花はせっかくなので記念撮影をしておこうと決めた。なにを撮《と》るかというとポン太である。異世界で遭遇《そうぐう》した初の生き物、記念撮影は必須だ。

「はい、チーズ！」

「キュー！」

暴れるポン太の姿が、スマホに記録された。

気を取り直して朝食だ。

花が持っていたバランス栄養食は一袋に三パック入っているので、一パックずつ朝昼夕の食事にすることにした。はっきり言って足りないが仕方ない。

――せめて、飲み物でも作ろう。

飲み物類だけがペンで生み出せる飲食物だ。健康を考えて牛乳を作ることにした。昨日のオレンジジュースの絵と文字を「牛乳」に変えただけの簡単作画だ。

続いてせっかくコンロがあるのだからと、牛乳を温めるための小鍋も描く。こちらは丸に棒を付けた絵に「小鍋」と書いた。どうにかして鐘を二つ鳴らそうという考えは花にない。大事なのは作れるかどうかだ。

ペンのボタンを押せば、予想通り鐘一つで牛乳と小鍋が出てきた。

「キュッ!?」

ペンが起こす現象を見たポン太が、驚いて毛を逆立てて固まる。だが意識が朝食に向かっていた花は「少し静かになったな」くらいにしか思わなかった。

花は早速牛乳を小鍋に入れてコンロで温める。牛乳がいい感じに温まったところで、火を止めてマグカップに注ぐ。

「うん、朝食っぽい！」

牛乳を温めただけなのだが、花は自画自賛しつつテーブルにつく。そこでやっとポン太が騒ぐのをやめて、大人しくなったことに気付いた。ポン太は口を間抜けに開け、ジーッとこちらを見ている。

「もしかして、お腹空《す》いてる？」

そういえばポン太はなにも食べていない。改めて昨日ケージの中に入れておいた水を確認すれば、空《から》になっていた。

――ポン太も、牛乳飲むかな？

花は恐る恐るケージから皿を取り出し、牛乳を入れてもとに戻す。するとポン太は、顔を牛乳だらけにしながら飲み出した。やはりお腹が空《す》いているようだ。

「タヌキってなに食べるのさ、草？」

草なら外にたくさんあると考えた花は、ポン太をケージごと外に出すことにした。乱暴な移動方法にポン太が騒いでいるが無視だ。

「っていうか、本当に草しかないな」

家の外に出て見回すも、小さな花一つ見当たらない。小動物の気配もない。目を凝《こ》らして空を見れば、遠くに鳥が時折飛んでいる程度である。なんとも心癒《いや》されない草原だ。鳥もあんな空気の薄いところを飛ばないで、近くに下りてきて和《なご》ませてほしい。

なんとかケージを草の上まで持ってきたところで、花は扉を開けてやった。

「ほーれ、なんか食べられるものがある？」

このままポン太が逃げたとしても、まあいいかと思いながら声をかける。

「キュッ!?」

ポン太は外を見たとたん、プルプルと震えてケージの隅っこで固まってしまった。

予想外の反応に、花は顔を引きつらせる。

――え、マジでこの草原ってヤバい場所なの？

すっかり大人しくなったポン太は、結局プルプルするばかりで草は食べなかった。花は仕方ないので家の中に戻り、朝食を少し分けてやることにする。

「キュッ！」

嬉しそうにバランス栄養食を齧《かじ》るポン太は見ていて癒《いや》されるのだが、これで花の朝食が減った。足りない分は、牛乳を飲んで腹を膨らませる。

ポン太の餌《えさ》のためにも、食料確保は急務だ。

オレンジジュースの残りを飲み干したところで、花はふと思い付いた。

「ペンで作った物を消すのも、試してみようかな」

中身がなくなり燃えないゴミになったオレンジジュースの空き瓶を手に持ち、花はペンのボタンを押す。

「消えろ！」

すると、空き瓶が光ったと思ったら手の中から消えて、代わりにテーブルの上にオレンジジュースの絵が浮かんだ。

――絵に戻るのか。

しかも絵が浮かぶのは花の視線の先らしい。これは変な場所で絵に戻すと恥をかく。戻すタイミングは要注意だ。

とりあえず、絵はペンに付いている消しゴムで消した。

朝食が終わったら早速、ペンでカーテンを作ることにした。これも大きな四角に「カーテン」と書くだけである。

「あ、着替えの服も作るか」

花は自身の格好を見た。

服は今着ているTシャツとジーパンだけだ。いくら朝には新品に戻るとはいえ、同じものを着続けるのは気分的によくない。特に下着が。せめて洗い替えと寝間着が欲しい。

「でも服って描くの難しい……あ、そうだ！」

閃《ひらめ》いた花は服を脱ぎ、下着も靴下も脱いだ。痴女《ちじょ》みたいな行動だが、この家どころか草原でさえ、花とタヌキの他は誰もいなさそうなので問題ない。

脱いだ服と下着、靴下を床に並べて、形をペンでなぞっていく。それを三回繰り返すと、三セットの服と下着に靴下の絵ができた。服は二セットが同じTシャツとジーパン、一セットを寝間着にする。オリジナルの服を保管しておけば、着替えが駄目になってもまた作れる。

「私、頭いいかも！」

裸で自画自賛する花を、ポン太がケージの中から奇妙なものを見る目で見ていた。

こうしてカーテンと着替えが無事にできたところで、昨日は汗臭いまま寝たこともあり、風呂に入りたくなった。思えばせっかく露天風呂風にしたのに、使ったのはタヌキだけだ。

早速風呂を沸かして、優雅に朝風呂へ浸《つ》かる。

「ふ〜……」

大きな窓から見える草原を眺めつつ温まっていると、昨日までの絶望感が薄れていく気がした。

――うん、きっとなんとかなる！

最低限ながら衣食住が保障されたことで、花は余裕を持つことができたのだった。

気分をリフレッシュさせたところで、花は、今日は周囲の探索《たんさく》をしようと決める。

「そのためにも、装備はいるよね」

「キュ？」

花の独り言に、ケージの中のポン太が「なに言ってんの？」と言わんばかりの顔をした。

「なにさ、冒険に装備は必須でしょうが！」

花はタヌキ相手にムキになる。

なにせここは異世界だ。もしゲームでお馴染《なじ》みのモンスターなんかと遭遇《そうぐう》した日には、花の人生が終わってしまう。身を守る武器は必要だろう。

――でも、武器かぁ。

RPG《ロールプレイングゲーム》を参考にするなら、オーソドックスな武器は剣だ。しかし剣を振り回して攻撃など、花にはハードルが高い。生き物に剣を突き刺したり、切ったりできるとも思えなかった。殺生《せっしょう》は無理という気持ち的な問題もあるし、それ以前に持ち慣れないものを使ったら誤って自分を傷付けそうだ。

では弓はどうか……無理だ、矢を真っ直ぐに飛ばす自信がない。

「重たい武器はヤメヤメ。ここはひとつ、ナイフとかにしとこうよ、ね？」

「キュー？」

花はタヌキ相手に言い訳がましく口にする。

武器が決まったところで、一人だと寂しいのでケージごとポン太を連れて外に出て、地面にナイフの絵を描くことにした。

この時、花はふと思った。

「あの便箋《びんせん》の裏紙に描いたら、どうなるんだろう？」

仮にも神から貰ったものだ。すんごい効果が付いたりしないだろうか。

――自動で敵と戦ってくれるとか！

本気で考えたわけではなく、軽い出来心みたいなものだった。思い付きを試してみるべく、便箋《びんせん》の中でも内容がどうでもいい、時候の挨拶《あいさつ》部分の裏紙を使う。謎の細長い物体の絵の下に、「ナイフ」と情報を付け加えれば完成だ。

「……うん、上出来かも」

他人からは、昨日のジュースの絵とどこが違うのかと突っ込まれそうだが、生憎《あいにく》ここには花とタヌキしかいない。

花は、絵を描いた便箋《びんせん》の裏紙を地面に置く。

「カモン、ナイフ！」

何度もやれば慣れたもので、もう絵が光ることにいちいちビビったりはしない。ただポン太はビクッとしていた。

やがて紙が置いてあった場所に、小ぶりな果物ナイフが現れた。

「確かに、ナイフだけどさぁ……」

花が思っていたのとなにか違う。果物ナイフで戦うのは難しいだろうし、固いものを切ったりできそうもない。

——こういう時に必要なのって、アーミーナイフとかじゃない？

花にとって、実物を見たことがないアーミーナイフよりも、果物ナイフの方が身近で想像しやすかったのは確かだ。けれど、アーミーナイフっぽいものが欲しかった。

「……仕方ないよね、ナイフが出ただけでもよしとするか。第一扱えないナイフで自分を切っても怖いし」

これが身の丈に合った装備なのだと、ポジティブに考えることにした。

早速試し切りといきたいところだが、切れそうなものが周囲にない。

「投げナイフとかしてみる？」

手品師よろしく、花は果物ナイフをカッコよく構えてみた。そして勢いよく投げる。

ヘロヘロ……

果物ナイフは大して飛距離を出さず、地面に落ちていく。

「キュキュ！」

ポン太が馬鹿にしたような鳴き声を上げた。

――素人《しろうと》だし、こんなもんよ。

花が自分を納得させようとした時――

ズゴオォン!!

ものすごい音がして、地面が揺れた。

「何事!?」

「キュー!!」

花は揺れに耐え切れずに尻餅《しりもち》をついて、ポン太はケージごとひっくり返った。

数秒後に揺れが収まったところで、花はあたりを見回す。すると、なんと果物ナイフが落ちて刺さった場所を起点にして、地面に大きな亀裂《きれつ》が生まれていた。

――ナニコレ？

どっと冷や汗を流す花の横で、ポン太はピクピクと痙攣《けいれん》している。

この亀裂《きれつ》はどこまで続いているのだろうか？　少なくとも見える範囲にはずっと続いているのは確かだ。

ただ落ちただけの果物ナイフでこれである。もし果物ナイフでなく、剣だったらどうなっていたか。こんな怖い武器を持つ勇気はないので、当然消去だ。

「消えろ」

ナイフを持ってボタンを押すと、ナイフは便箋《びんせん》の裏紙の絵に戻ったので、その絵も消しゴムで消した。

――神の便箋《びんせん》、怖すぎる。

次に地面にナイフを描いたら、普通の果物ナイフが出た。やはりしょぼいが、先程の恐怖を思えば、これで十分だろう。

そんな花の脇で、ポン太はまだ痙攣《けいれん》していた。

とにもかくにも、武器が用意できたのだから探索《たんさく》開始である。

探索《たんさく》の間、ポン太は自転車のカゴに乗っけていくことにした。一匹で残されると心細いのか、出かける支度をする花を見てキュンキュン鳴いたからだ。起き抜けに見たあの凶暴さは、一体どこに行ったのか。

「いーい？　ポン太の餌《えさ》探しでもあるんだからね！」

花が言い聞かせる間も、ポン太はプルプルしている。よほどあの亀裂《きれつ》が衝撃だったらしい。花もあれは怖かった。

そして、捜索《そうさく》は出発前から躓《つまず》きを見せた。よくよく見ればはるか遠くに岩山が連なっているが、見渡す限り草原であるせいで、どの方向に向かうべきかわからないのだ。

「迷子にならないように、まずは家がギリギリ見えるところまでにしておこうかな？」

どこに行っても同じことなら、神頼みもいいだろう。

というわけで、棒ならぬペン倒しで方向を決めることにした。なにせ神がくれたペンなのだ、そこいらの棒きれよりもご利益があるに違いない。花はペンを地面に垂直になるように持つ。

「どちらに行こうかな！」

かけ声と共に、手を離す。

……倒れない。

どうやらペンの安定感がよすぎるようだ。

痙攣《けいれん》から立ち直ったポン太が、カゴの中で笑っている気がした。

「どちらに行こうかな!!」

ダンッ！　と花が足を踏みしめると、衝撃でペンが倒れる。その先端は、花から見て右後ろ側を指していた。

「キュー……」

ポン太がなにか言いたげに鳴いているが、倒れたからいいのである。

多少強引ながら進む方向が決まったので、早速探索《たんさく》へ行く。

「ようし、出発！」

元気な声と共に、花は自転車を漕《こ》ぎ出す。

「キュ〜……」

ポン太が不安そうに鳴いた。

花が背負うリュックには、この世界に来た時の荷物を入れてある。どんなことがあっても、荷物さえあればなんとかなるだろう。

自転車を漕《こ》ぎつつ、変わらない景色を眺める。草原には傾斜がほとんどないようで、結構遠くまで来ても、まだ家が豆粒くらいの大きさで見える。

――うーん、この草原広いなぁ。

どこまで行っても草しかなく、距離感がおかしくなりそうだ。せっかく異世界にいるのだから、太陽が二つあるのを見るとか、見たことがない植物や動物と出くわすとかがあってもいいのに。

遠くにそびえる岩山の連なりは、結構険しい。花は、草原から出るにはあの山を越えなければならないのだとしたら、結構難しいのではと思いはじめた。

――いやいや、脱出不可能な要塞《ようさい》じゃあるまいし！

たまたま現在地が山に囲まれているだけで、ちょっと移動すれば景色も変わるはず。ＲＰＧ《ロールプレイングゲーム》だって、人里離れた場所にポツンと村があったりする。花はそう考えて自分を励《はげ》ました。

「キュキュー！」

ポン太もだんだんと草原に慣れたのか、はたまたようやく諦めたのか、カゴから身を乗り出して周囲を観察するようになった。ポン太のぶっといもっさり尻尾が、ハンドルを握る花の手にバシンバシンと当たっている。

「落ちても知らないよ。っていうか尻尾が邪魔」

そんなやり取りをしながら結構な時間自転車を漕《こ》ぎ、途中で昼食を食べた。そうして、そろそろ引き返そうかというところまで来た時。

遠くに、黒々とした景色が見えた。

——あれは、森？

そうだとしたら、木の実とかがあるかもしれない。期待を膨らませた花だったが、森の手前の草原に、赤黒く染まっている部分を見つけた。

——なんだろう？

「キュキューッ!!」

緊張する花の前で、カゴの中のポン太が激しく鳴きはじめる。ポン太がぴょんとカゴから飛び出して赤黒い部分へ走っていくので、花は一応手に果物ナイフを持って、自転車を側まで寄せた。

「これ……血？」

「キュー！」

花の疑問に答えたわけではないだろうが、ポン太が肯定《こうてい》するかのように鳴いて、赤黒く染まった草をスンスンと嗅《か》いでいる。そういえば、見つけた時のポン太は血まみれだった。

——まさかとは思うけど、これがポン太の血だとしたら？

そんな想像をした時——

ドガァァン！

森の方から、爆発音らしき大きな音がした。

「……!?」

驚いた花が地面にへたり込むと、爆発音は続けて三度響いた。

——なに、なんなの!?

食料の調達ができるかと思ったら、森から聞こえる物騒な音。異常事態に花の頭の中はグルグルと混乱する。

あの血に染まった草を見る限り、ポン太でなくても、森から血みどろで逃げてきたなにかがいるわけだ。そのなにかは森で敵に襲《おそ》われ、草原まで逃げたところで力尽きたのかもしれない。この想像が間違っているならそれでいいが、万が一、正しかった場合はどうなるだろうか？

——あの森の探索《たんさく》はやめとこう。

花がポン太よりも攻撃力や防御力が高いという自信がない以上、危険を冒《おか》したくない。

結局、その日は無収穫で帰路についた。

「ただいまー……って誰もいないのか」

ログハウスに入った花は、思わず口にしてしまった言葉に、自分で落ち込む。

気分がダダ下がりのまま、夕食も牛乳でお腹を膨らましてフテ寝した。

＊＊＊

花がうっかり草原に大きな亀裂《きれつ》を作ってしまった日の夜。

とある村は大恐慌に陥《おちい》っていた。

「天変地異だ！」

「大地の神様が怒っておるのじゃ！」

「恐ろしや、恐ろしや……！」

村長の家に集まった者たちは、そう言い合ってガタガタと震えている。

何故ならば今日、激しく大地が揺れたかと思えば、目の前の街道に大きな亀裂《きれつ》が走ったからだ。

この周辺地域では地震を神の怒りと表現する。それで、大地の神の怒りが地上に現れ出たのだと大騒ぎとなった。

亀裂《きれつ》は村とは山を挟んだ隣に広がる草原の方から続いており、ちょっとした峡谷《きょうこく》程度の深さと幅がある。到底人が通ることはできず、街道は寸断されてしまった。

「きっと、恐ろしいことが起こる前触れじゃ！」

「ああ、恐ろしや……」

集まった者の中には、この土地を離れて逃げるべきだという意見の者までいる。

彼らの話し合いは収拾がつかないまま、深夜にまで及んだ。

この騒ぎの元凶である花は、そんなことになっているなんて全く思ってもおらず、安らかな眠りの中にいるのであった。

＊　＊　＊

異世界生活三日目。

本日は特にポン太は暴れなかったが、お腹が空《す》いたのかキューキューうるさい鳴き声で起こされた。

「私だってお腹空《す》いてるって！」

ポン太に愚痴《ぐち》った花は顔を洗いに行き、パジャマから着替えて身支度を整える。

「ご飯はまたこれか……」

朝食は例のバランス栄養食だが、さすがに飽《あ》きてきた。

というわけで、今日も探索《たんさく》に出かけることにする。

――まずは食料、絶対食料！

リュックを背負った花は決意を固くした。

本日も探索《たんさく》の方向を決めるところからスタートである。その方法は昨日と同じくペン倒しだ。昨日はあんな結果だったが、今日こそはと期待を持つ。

「どちらに行こうかな！」

――食べ物が見つかりますように！

祈りながらペンを倒すと、昨日とは違う方向を指した。

「よし、ご飯へ向けてレッツゴー！」

「キュー！」

威勢《いせい》だけはいい花とポン太だった。

昨日と同じく代わりばえのない草原を見つつ、進み続ける。探索《たんさく》も二度目となれば、花も多少は心に余裕が出てきて、風の気持ちよさを楽しむようになっていた。

「日本でこんな大自然を感じるなんて、経験なかったしねー」

そう呟き鼻歌を奏《かな》でながら、自転車を漕《こ》いでいく。

「キュキュー？」

しかし、ポン太はこの大自然がどうにも気に入らないらしく、もっさり尻尾をブンブン振ってなにかをアピールしていた。生憎《あいにく》タヌキ語がわからない花には、意味不明だが。

時折休憩を挟んで自転車を漕《こ》ぎ続ける間に、太陽が空の真ん中に差しかかる頃になった。

「お、また山じゃん」

前方に山が見えてきた。山は横にずっと連なっていて、切れ目が見えない。

――この草原って、山に囲まれているのかな？

昨日も行く手に山脈が見えたことを考えて、そんな予想をした。

山の麓《ふもと》にたどり着いた花は、自転車を止める。今日は周囲に不審な点はない。しかも山の麓《ふもと》の木には、実が付いているものがそれなりにある。

「やった、食べ物だ！」

食べられる実かどうかの判定が難しいが、とりあえず目につく実を片っ端からもいでいき、自転車のカゴに詰めた。荷物のために降ろされたポン太は、フンフンと臭いを嗅《か》ぎながら、地面に生えているキノコを齧《かじ》っている。

「食べられるキノコを集めたら、家でも食べられるからね」

花の言葉が理解できたわけではないだろうが、ポン太もせっせと食料確保に勤《いそ》しんでいた。このままだと、そのうち家の近くの草を食べさせられると思ったのかもしれない。

木の実とキノコでカゴが一杯になったところで、花は昼食をとる。いつものバランス栄養食と牛乳以外に果物がついているという、この世界に来てから一番豪華な食事となった。ちなみに果物は、ポン太が毒見済みだ。

花は昼食を食べつつ、目の前の山を見上げる。

「山の向こうって、なにがあるのかねー」

昨日見た山脈はヒマラヤ級の険しい岩山っぽかったが、この山は登山が可能そうだ。

――山の向こうに、人が住んでいるかも？

そんなことを考えて、山の向こうに思いを馳《は》せる花だったが……

「キューキュキュキュ！」

ポン太が激しく鳴いて、またプルプルしはじめた。

「え、なによ、危ないの？」

「キュキュキュキュキュー!!」

ポン太は騒ぎつつ、もっさり尻尾をバシバシと地面に打ち付ける。まるで、「考え直せ！」とでも言っているかのようだ。もしかしたらポン太は、このあたりの地理に詳しいタヌキなのかもしれない。

花はしばし考えた。

「……まあアレだ、登山装備なんて持ってないし。素人《しろうと》が安易に山に登って遭難《そうなん》とか、よくニュースになるよね」

君子危うきに近寄らず。花はポン太のせっかくの忠告を受け入れ、登山はやめることにする。

帰りはポン太の居場所がなくなったので、後ろの荷台に乗ってもらった。

「落ちないようにね、ポン太」

荷物で重くなった自転車を一生懸命漕《こ》ぐ花に、後ろを気にする余裕はない。

「キュー！」

ポン太は草原に一匹で放り出されたくないのか、必死に荷台にしがみついていた。

「ただいまー！」

ようやく帰宅した花は、昨日と違ってご機嫌だ。なんと言っても収穫物があるのだから、帰宅の挨拶《あいさつ》に返事がなくても気にしない。

「キュ～……」

一方で、ポン太は荷台でヘロヘロになっていた。花だって二日連続で自転車を漕《こ》ぎ続け、さすがに足がパンパンである。

「……明日はゆっくり休もう」

翌日の予定が決まったところで、早速夕食の準備だ。

いつものバランス栄養食以外にも食材があることが嬉しい。まずはポン太が採ったキノコを、コンロの火で炙《あぶ》ってみた。花はいい感じに焼けたところで、一口齧《かじ》る。

「うーん……」

結果は、微妙だった。

美味《おい》しくないとは言わない。ただ、キノコそのままの味がする。通《つう》ならこれが美味《おい》しいと評するのだろうが、要は味付けなしである。濃い味に慣れた現代っ子な花は、もっとパンチの効いた味が欲しい。ソースなんて贅沢《ぜいたく》は言わないから、塩が欲しいところだ。

ふと、花は閃《ひらめ》いた。

――調味料だったら、ジュースと同じ要領で描けばできるんじゃない？

思い立ったら即行動。花はテーブルの上に小さな瓶を二つ描き、その中に「塩」と「砂糖」と書いてボタンを押す。すると、鐘一つで小瓶に入った白い砂状のものが二つできた。

「おお⁉」

念のために味見をしたところ、ちゃんと塩と砂糖だ。

「これはひょっとして、小麦粉とかもイケる⁉」

瓶や袋に入った簡素なフォルムのものならば、できるのではなかろうか。花の食生活に希望の光が差し込んだ瞬間だった。

この日の夕食はいつものバランス栄養食と、焼きキノコにポン太の毒見済み果物、ペンで作った野菜ジュースというメニューになった。品数が昨日の倍であり、いくばくかの満足感が得られた気がする。ポン太は焼きキノコが気に入ったらしく、ハフハフと熱そうにしながら食べていた。

「キノコって、干したら旨味《うまみ》が増すんだっけ？」

干しキノコは出汁《だし》にもなるはず。どうせ盗み食いするような動物はいないので、花はキノコの半分を外に出して干すことにした。

「そういえば、これって初の異世界の食べ物じゃんか！」

初物とあらばと、花はスマホでキノコと果物を記念撮影した。こういったちょっとした楽しみは、変化のない日常では大事だ。

夜になると、ポン太はケージの中にバスタオルをいい感じに敷き、そこに丸まって寝ていた。

「おやすみ～」

花も風呂に入ってすぐに寝たのだった。

異世界生活四日目は、予定通り休日である。

「よっしゃ、今日は休み！」

時間がたっぷりあるし、朝食はちょっと凝《こ》ってみることにした。

一晩外に出していたキノコが乾燥していたので、干しキノコを水で戻してスープを作る。牛乳とキノコの出汁《だし》と塩のみの味付けだが、料理というだけで満足だ。

――うーん、いい匂い！

いつものバランス栄養食に温かいスープが加わり、贅沢《ぜいたく》をしている気持ちになった。日本では当たり前に朝から味噌汁《みそしる》が出ていたことに、今なら涙を流して感謝ができる。

朝食を終えたら、溜まった洗濯物を風呂場で洗う。洗濯機なんてものはないので、当然石鹸《せっけん》を使って手洗いだ。なんとか洗い終えたものは外に適当に干しておく。物干し竿を出そうかと思ったが、草原に広げておけば乾く気がしたから、バサッと干した。動物はポン太しか見ないし、謎の足跡が付くこともないだろう。

家事が終わったところで、昨日思い付いたこと――調味料が作れるかどうかの検証だ。

結果を言うならば、小麦粉と米は袋で出せた。しかし醤油《しょうゆ》と味噌《みそ》はダメだった。

――製造工程が複雑なものは、難易度が上がるとか？

塩や砂糖などと違って、醤油《しょうゆ》や味噌《みそ》には醸造《じょうぞう》という過程が必要になる。違いはそれしか思い付かない。

しかしこの考察が当たっているとするならば、家をログハウスにしたのは正解だったかもしれない。なにせログハウスの材料は丸太のみだ。これをもし日本家屋にすれば、工程や使う材料が増え、難易度が上がる。それに調理済みの料理が出せなかったことも納得だ。料理は切って焼いて冷やしてと、様々な工程を経《へ》てできるもの。画力でフォローができない花には、どちらも無理だろう。

一方で電気・ガス・水道のインフラは、家のオマケで出てきた。もしかするとこれらは、花のイメージで現代日本風になっているだけで、使われているのは電気・ガス・水道ではないのかもしれない。異世界である点を考えると、魔法などが有力な線か。

難しいことは置いておくとして。主食が手に入ったことは幸運だ。

異世界初日には絶望を覚えたこの魔法のペンも、今になるといいものを貰ったと思える。

一通りの検証を終えてやることがなくなれば、あとはベッドの上でゴロゴロしながら、スマホゲームで暇を潰す。

ちなみに花が色々している間にポン太はどうしているかと言えば、最初こそ無駄に室内をウロウロしていたが、やがて床にごろんと寝転んでしまった。決して一匹で外に出ようとはしないのだ。

――そんなに外が怖いか。

のんびりと一日を引き籠《こ》もって過ごしたら、早めの夕食を終えて風呂に入る。

ポン太用にと大きめの桶《おけ》を作って温《ぬる》めのお湯を張ってやったところ、ポン太は自分から浸《つ》かった。

温泉タヌキとはなかなか見ない光景だ。

同じく湯船に浸《つ》かってゆったりする花の脳裏に、ここ三日の出来事が過《よ》ぎる。

とにかく生活するのに必死だった。幸い命の危険は感じないが、便利なものに囲まれた現代っ子な花にとって、不自由はかなりのストレスだ。

――普通に生活するって、難しいや。

日本では朝起きれば母親が用意した朝食があった。自転車でバイトに行き、昼食はコンビニで買う。帰ればやはり母親が夕食を用意していて、弟の文句や父親の小言を聞き流していれば一日が終わる。日々その繰り返しだった。

――大事なものって、失くして初めてわかるんだなぁ。

毎日母親の手料理が食べられたこと、なんだかんだで会話する相手がいたこと。日本で得られた普通が、今は難しい。

気分が落ち込んだ花は、ふと窓の外に視線をやる。

「うわー、すごい星空」

夜空を埋《う》め尽くさんばかりの星明かりに、青白い月。だがその形がおかしい。輪がバッテンみたいに重なり合っている中に月があるのだ。

――月っていうか、土星の発展形みたいだな。

こんないかにも異世界っぽい物体に今まで気付かなかったとは。思えば昨日おとといと、疲れ果てた状態で風呂に入ったせいで、窓の外の景色を眺める余裕がなかった。もったいないことをしたな、と思う。

「せっかくの異世界ライフなんだから、落ち込んでいる暇があったら異世界っぽいことを経験したいよね！」

花は自分に活を入れた。

――明日も、頑張ろうっと。

その日は一日、こんな風に過ぎていった。

＊　＊　＊

花が家でダラダラとゲームをしていた頃。

花がいる草原から遠く離れた聖王国王都にある城の一室で、話し合いがされていた。

室内にいるのは煌《きら》びやかな装飾のイスに座る若い男、豪奢《ごうしゃ》な衣服に身を包んだ中年の男、そして二人の前に跪《ひざまず》く男だ。

「死の平原で、地震だと？」

豪奢《ごうしゃ》な衣服に身を包んだ中年の男が、不機嫌そうに言った。彼は聖王国の国教である聖ロドルフ教会の教皇だ。

教皇の前に両膝をついて頭を垂れていた男が、顔を上げて答える。

「その影響で魔素が流れ出る亀裂《きれつ》が発生し、我が国の街道を分断しました。民《たみ》は神の怒りだと怯《おび》えております」

この言葉に、教皇はムッとした表情を浮かべた。

「馬鹿を言うでない！　神とは聖ロドルフ様のみを指す。大地の神などというのは邪教だ！」

「……失礼いたしました」

跪《ひざまず》く男は顔を伏せる。

聖王国周辺は昔から、国同士の小競《こぜ》り合《あ》いが絶えない土地だった。千年ほど前は一つの大きな国だったが今は小国に分かれており、「我こそはこの大陸の支配者である」と各国が主張し合っているのが現状だ。

聖王国もその一つで、「歴史書を兼ねた聖典に記されている聖王国の初代国王こそ、千年前の大帝国の主《ぬし》である」と言い張っている。

そして、かつての領土を取り返すという名目で、あちらこちらに軍事的介入を繰り返していた。

跪《ひざまず》く男はさらに続ける。

「街道が分断されて勇者たちが、国境の森から戻ることができません」

勇者というのは、魔王を討伐《とうばつ》させるために聖ロドルフ教会が選んだ人間だ。

この報告に、教皇は怒りを露《あら》わにした。

「馬鹿どもが！　森の向こうは敵国で迎えはやれん、馬車で迂回《うかい》させて戻らせろ！　工作をしながらだ！」

「了解しました」

「……しかし、平原という場所が気になる。魔族どもに動きはないか？」

教皇はそう言うと低く唸《うな》る。

平原の中央に住む魔族は、聖王国の仮想敵である。これまで何度も勇者を向かわせていたが、あちらはなんの動きもなかった。だが、もし今回の地震に魔族が関連しているとなると、こちらも対応を考えなければならない。

「それについて気になることが。魔族領監視の任に当たっている者が二日前に飛竜で死の平原上空を飛んだところ、平原に家が建っていたとか」

男の報告に、教皇はこめかみに青筋を立てた。

「それこそ馬鹿を言うな！　死の平原は生物の住めぬ地だということは、幼子《おさなご》でも知っておるわ！」

死の平原は世界中から魔素が集まる土地だ。その濃すぎる魔素が原因で、そこに足を踏み入れたすべての生物は体内魔素が狂って死んでしまう。生えている草も魔素を狂わす毒草である。

草原の中で生物が生存できる場所は、魔族が住まう土地のみ。草原の中央に山脈があり、その内側に魔族領がある。そして、山には豊かな実りがあるという。けれども草原に迷い込んだ者は、その地までたどり着く前に体内魔素が狂い、死ぬ。

死の平原は、そんな過酷《かこく》な場所なのだ。

「しかし家に出入りする人影を見たと、その者が言っていました」

男が重ねて報告する。

死の平原に住まう人影、そんなものはあり得ない。教皇は調べるのも馬鹿馬鹿しいと思ったものの、万が一を考えた。

「まあいい、奴……アルを調査に向かわせろ」

この言葉に、男は眉をひそめる。

「アルをですか？　現在任務で負った傷を癒《いや》すため、静養中ですが」

「消耗品の具合なんぞ知らぬ。とっとと向かわせろ」

ここで教皇は、二人が会話している間ずっと無言であった若い男を振り向いた。

「よろしいですな、陛下」

「……構わん」

陛下と呼ばれた若い男——王はその一言だけ発し、また黙る。王は、教皇の操《あやつ》り人形のようなものだった。

それを確認した教皇は満足そうな顔をすると、すぐに王から視線を外す。そして話はこれまでとばかりに部屋から出ていく。教皇に続き、報告をしていた男も王に一礼して去る。

一人残された王は無言のまま、二人が出て行ったドアを見ていた。


教皇と別れた男が向かったのは、神殿内にある古びた建物だ。

そこの奥まった場所にある部屋のドアを、軽くノックした。

「入るぞ」

答えを待たずに、男はドアを開ける。

そう広くない室内で、身体に巻き付く包帯から薬の臭いをさせている男が、イスに座ってぼうっとしていた。

顔は目元以外は覆面《ふくめん》で隠している、怪しい風体の男である。唯一覗ける目元からして、二十代半《なか》ばくらいだろうか。その青い瞳が、胡乱気《うろんげ》な色を浮かべている。

「アル、仕事だ」

男が声をかけると、彼は視線だけを向けた。

「死の平原の調査だ。あそこに人が住んでいる可能性がある」

話の内容に、彼は眉をひそめた。あり得ないと言いたいのだろう。そんな彼に、男が言葉を続ける。

「あり得るかどうかを調べるのが今回の仕事だ。魔族が草原に、さらにはその外に出張ってきたのかもしれない」

「……了解」

こうして、彼の仕事が決まった。

第二章　異世界人を求めて

花の異世界生活も、二週間を超えた。

今日もキノコに果物、バランス栄養食で朝食だ。花とポン太はあれから三度キノコと果物狩りに出かけている。あの山の実りが食の生命線だ。

食材が増えたことで、食料問題は解決したかに思われた。しかし、大きな落とし穴があったのだ。

小麦粉は確保できたものの、花はパンを焼いたことなんて小学校の家庭科の授業でしかない。オーブンを作ったところで、その程度の実力でパンが焼けるはずもなかった。日本で生活していた時は、料理はいつも母親が作り、花がすることは朝のトーストにバターを塗るだけ。そんな花にできる小麦粉の活用法は、せいぜい水で溶いてクレープっぽいものを焼いて、果物を包む程度。

米に関しては炊飯器《すいはんき》が作れなかった。ペンで四角に炊飯器《すいはんき》と書く方法が無理だったせいである。インフラが整った世界でも、炊飯器《すいはんき》はオマケしてくれないようだ。スマホがネットに繋《つな》がるわけがないので、米を鍋で炊《た》く方法も調べられない。ゆえに米は消した。

炊飯器《すいはんき》のみならず、家電製品は全滅だ。イメージでフォローしようにも、家電の仕組みがどうなっているのかなんて、技術者ではない花にわかるはずがない。

難易度の高いものを作り出そうと思えば、画力とイメージ力の両方が必要になってくる。両方とも欠けている花に、家電製品は夢のまた夢である。

モソモソとバランス栄養食を食べ、キノコ汁をすすりながら、花は呟いた。

「肉、肉をくれ……」

フランス料理のフルコースなんて贅沢《ぜいたく》は言わない、母の味くらいのちょっと手の込んだ料理が食べたい。バランス栄養食以外で、タンパク質を摂取したい。

そして、なによりも望むことは……

「誰かと会話をしたい！」

花は切実に人間とのコミュニケーションを求めていた。この草原は、本気で誰もいないのだ。異世界人と言葉が通じない可能性もあるが、その場合はボディランゲージでも構わない。花はずっとポン太相手にしか話をしておらず、このままではタヌキ語を習得してしまいそうだ。

――そうだ、異世界人を探しに行こう！

通りすがる人間がいないのならば、こちらが行けばいいのである。

「ポン太、草原脱出作戦よ！」

「キュッ？」

食事中に急に立ち上がった花を、ポン太が「なに言ってんのお前」という顔で見ていた。

作戦決行のためには、入念な下準備が必要だ。

花は家の床に、この二週間で探索《たんさく》した周囲の簡単な地図を描いていた。

「こっちがポン太を拾った森でー、こっちとこっちとこっちは山でー……」

行き止まりだった箇所にバツマークを付けていく。その中で一ヶ所、一日では行き止まりまでたどり着かなかったところがある。

――望みはここか。

そちらに進めば、草原の外に出られるかもしれない。たとえ無理だったとしても最悪、山に沿って進めばどこかで切れ目を見つけられる可能性もある。

ルートが決まれば、持ち物の確認だ。まず旅に必要なのは食料だろう。必要最低限の食料はバランス栄養食で確保できるが、できればキノコと果物を干して持っていきたい。次に心配なのは宿泊場所。通常はテントなのだろうが、花にはペンで家を作るという手がある。

「でもなぁ、毎回間取りを描くのも面倒だし……あ、そうだ！」

花は便箋《びんせん》の裏紙を出す。物体を消しても絵は残るのだから、この裏紙に間取りを描いて、出したり消したりすればいいのだ。

思い付いた花は早速、間取り図を描く。

「間取りはこの家と同じで、広さはリビングと寝室を合わせて十五畳くらい？」

この家を描いた時と同じ間取り図に「十五畳」と書き込む。今度は窓とカーテン、テーブルセットも忘れない。

「よし、試してみよう！」

描き上がった間取り図を持って外に出る花の後ろを、興味津々《きょうみしんしん》のポン太がついてくる。

花は家から十分距離をとった場所に、裏紙を置いて離れた。

「カモン、ログハウス！」

カーン、カーン！

鐘が二つ鳴り裏紙の絵が光ると、突如ログハウスが現れ、ポン太があっけにとられた顔をする。

出来上がったところで、早速お宅拝見といこう。

「あれ、なんかこっちの方が立派？」

家の中に入った花は首を傾げた。木の質感が上等な気がするし、彫刻《ちょうこく》めいた装飾や暖炉《だんろ》まである。

なにより、立派なトナカイの首のはく製が飾られていた。

――神の便箋《びんせん》、ハンパない。

花が家を消して出してを繰り返してもなんら問題ないことを確認している間、ポン太は顎《あご》が外れそうな顔をしていた。

宿泊問題が解決したので、食料問題に取りかかることにする。キノコと果物を採取に行って干すのに二日費《つい》やした。干し上がったものは、ペンで作った食料袋の中に入れる。

そして、いよいよ迎えた出発の日。

花は数週間を過ごした家に手で触れる。

「消えろ！」

ペンのボタンを押せば、家が消えて地面に間取り図が残った。家の中にあったテーブルなどの細々《こまごま》したものも、一緒に絵に戻っている。

――あれ？　っていうことはペンで作った着替えとかの嵩張《かさば》る荷物は家に入れたまま絵に戻せば、荷物が減るってこと？

花は自転車の後ろに括り付けられた、大きな袋を見る。その中には着替え類が入っていた。早速便箋《びんせん》の裏紙の方の家を出して、これらの荷物を中に放り込んでまた絵に戻す。思った通り、着替えの絵が増えている。

「よっしゃ、これで自転車が軽くなった！」

荷物はリュック内の装備と、ペンで作れない食料だけだ。

草原に残った間取り図は、また戻ってくる可能性を考えてそのままにしておくことにした。どのみち、花以外にはただの落書きである。

「よし、行くか！」

「キュッ！」

花が自分に気合を入れると、既に自転車のカゴに乗っていたポン太が「早くしろ」とばかりに鳴いた。ポン太はさっさとこの草原から出たいらしい。草原脱出作戦の準備でも、熱心に食料確保に貢献してくれた。

自転車のカゴにポン太、背中にリュック、荷台には食料と、減らしたけれども大荷物だ。

「レッツゴー！」

花は自転車に跨《また》がり、ペダルに足をかける。

「キュー！」

かけ声と共に、自転車を漕《こ》ぎ出す。

こうして、花とポン太は草原を脱出するべく出発した。


このように意気揚々《いきようよう》と出発した花だったが……

「行けども行けども、草ばっかり……」

出発して二日目、昼食を食べながら、うんざりした顔で呟いた。

あれから一向に草原の景色が変わる様子がない。変わらない景色というものは、存外人の心を不安にするものだ。それでもどこかに草原の出口があることを信じて、自転車を漕《こ》ぎ続けている。

「キュッ！」

花の隣で、ポン太がキノコと牛乳に顔を突っ込んでいた。

花が途中でめげそうになると、ポン太がいつも「進まないのか？」と言わんばかりに尻尾をふり見つめてくる。ポン太はもしかしたら、このあたりの地理を知っているのかもしれない。そうだとしたら博識なタヌキだ。

早く草原から出たいと気は急《せ》くものの、制限時間があるわけではない。花は自転車で進むのを早めにやめて休むと決め、二日進んだ翌日は一日休みにした。何事も身体が資本、体調を崩しては元も子もない。

休日は優雅に朝風呂に浸《つ》かり、のんびりとスマホゲームに興じて過ごす。

休んで英気を養った後、出発して四日目。

――景色が変わった？

変化に気が付いたのは、昼休憩を挟んでしばらく進んでからだ。地面に生える草の合間に、花が咲いているのがちらほらと見受けられた。あの草原には花なんてなかったのに。

もしかしてと思いながら進んでいくと、やがて茶色い地面が見えた。背の高い草木もあり、土が剥《む》き出《だ》しだが道らしきものもある。

「……やった、草原の外に来た！」

「キュー！」

自転車を降り、両手を上げて喜びの声を上げる花につられてか、ポン太もカゴから飛び出て雄たけびを上げる。

喜びを爆発させた花は、十分ほどポン太とくるくる回った。

「……気持ち悪い」

回りすぎて立ちくらみを起こし、しばし休憩する。

その後落ち着いたところで、改めて今後の方針を考えた。

「まずは、人里よ人里！」

花にとっての優先事項はこれである。会話相手と美味《おい》しい料理が欲しいのだ。

「キュウ？」

花の方針に、ポン太が困ったような鳴き声を上げる。野良タヌキなので、人里に行けば害獣扱いでいじめられると思っているのかもしれない。

「大丈夫よ、私のペットですって言ってあげるから！」

花が軽い調子で言っても、ポン太は尻尾で地面をバンバン打って不満そうだ。

とりあえず決めるべきは、どっちに行けば人に会えるのかだ。こういう時はこれに限る。

「どちらに行こうかな！」

いつものようにペン倒しをすると、ペンが道に沿うように倒れた。

――道なりに行けってことかな？

花はペンが示した方の道へ進むことにした。


草原から脱出できたことで、花の自転車を漕《こ》ぐ足にも力が籠《こ》もる。

――早く第一異世界人を発見！　といきたいわね。

ルンルン気分で鼻歌混じりに道を進んでいくものの、やがて日が傾きはじめてきた。今日中に人里にたどり着きたいところだが、街灯もない道では暗くなると怖い。

今日はここまでにしようかと思っていた時――

「キューー!!」

ポン太が今まで聞いたことのない声で鋭く鳴いた。

「なにさ急に、びっくりするじゃない！」

驚いた花は、急ブレーキをかけて自転車を止める。

「キューキュキュッキュ！」

ポン太が激しく鳴きながら尻尾でバッシバッシと花の手元を打ち、道沿いにある茂《しげ》みの方を向いた。

――あっちに、なにかあるの？

さすがにポン太の様子がおかしいと感じた花は、黙って茂《しげ》みを観察する。すると……

ドスッ、バキバキッ！

茂《しげ》みの奥から、木が倒れる物音が聞こえた。そして、緊張して息を呑む花の前に現れたのは――

「ブモー！」

「ぎゃー！　イノシシ！」

自分の知っているイノシシよりも牙が大きくて鋭いし、背中に妙な角が生えている気もするが、全体的なフォルムがイノシシだ。

「ブモーーゥ！」

イノシシが花とポン太を視界に捉《とら》え、雄たけびを上げた。

「キュー！」

ポン太も、イノシシに張り合うように鳴く。しかしいかんせん、相手と体格が違いすぎる。

「ポン太、張り合ってないで逃げるの！」

花は慌てて自転車を方向転換させようとするが、恐怖で身体が思うように動かずにもたついてしまう。

「ブモゥ！」

するとイノシシはチャンスと思ったのか、こちらをめがけて突進してきた。

「うぉう！」

花は慌てて自転車を手放し、横に跳ぶ。

「キュッ！」

ガシャン！

カゴに入っていたポン太が宙を飛び、自転車がイノシシの突進を受ける。自転車はイノシシの牙に引っかかり、遠くへ飛ばされた。

「あぁー！　自転車が壊れる！」

花は悲痛な叫びを上げた。貴重な足を壊されては、荷物を全て持った上で歩かなければいけなくなる。そんなことを考えていた花は、いわばパニック状態にあり、逃げなければという意識がなくなっていた。

「ブモー！」

逃げられて悔しかったのか、花を睨《にら》んだイノシシが火を噴いた。

――異世界のイノシシって火を噴くの⁉

周囲の草木が燃える臭いがあたりに漂《ただよ》い、熱気が花を襲《おそ》う。思わず咳込んでいる花に、イノシシが再び狙いを定めた。

「ブモー！」

「うぎゃー！　こっち来んな！」

花の身体は、焦りと恐怖で硬直する。

――もうダメ！

花が腰を抜かしてへたり込んだ時――

「キュキュー！」

ちゃっかり木の上に逃れていたポン太が、木を蹴《け》ってイノシシに跳びかかる。

「ポン太！」

花からすれば、イノシシに比べて身体の小さいポン太が無謀な挑戦をしているかに思われた。

しかし。

「ブモッ⁉」

悲鳴を上げたのはイノシシの方だった。なんとポン太がイノシシの首元に喰らいついたのだ。

よく見ると、ポン太の前脚から鋭く長い爪が伸びている。ポン太がその爪を喰らいついた首元に深々と刺し込むと、バチッとなにかが弾けるような音がした。

「ブモーーウ‼」

急所に深い傷を負ったイノシシは、痙攣《けいれん》を起こした後に倒れ込んだ。

――え、マジで？

花は現実に理解が追い付かない。

「キュー‼」

ポン太が動かなくなったイノシシの上に乗って、勝利のポーズのつもりなのか仁王立《におうだ》ちをキメた。

花は腰を抜かしたまま、ズルズルとイノシシの側まで這《は》っていく。そしてイノシシをツンツンと足先で突《つつ》いてみるが、ピクリとも動かない。本当に死んでいるようだ。

——ビビった、死ぬかと思ったよ!!

花は異世界生活で初めて、命の危機を感じた。

この日はこれ以上動く気になれなかったし、そもそも自転車が大破している。そう、自転車はイノシシの突撃に耐え切れず、無残に歪《ゆが》んでしまったのだ。

なので移動はここまでとし、少し離れた場所に家を出した。

「疲れたっていうか、腰が抜けた……」

花はフラフラする身体に鞭打《むちう》って、なんとか夕食を済ます。スープを作る気力もなく、バランス栄養食と水のみだ。

ちなみに本日のポン太の夕食は、先程仕留めたイノシシ肉。ポン太が食べる前に異世界初遭遇《そうぐう》の敵として、スマホでの記念撮影はちゃんとした。

——いつかこの写真で、異世界旅行記とか作ってみようか。

これが現在の花のちょっとした野望だ。

家の外でイノシシに美味《おい》しそうに齧《かじ》り付くポン太だったが、一匹で食べきれるはずもない。

「キュ？」

残りを譲《ゆず》ってくれる気なのか、「食べる？」とばかりに振り向かれたものの、花は生どころか毛皮付きの肉を食べる気になれなかった。

「私のことは気にしないでいいから」

花は家の窓から、ポン太にひらひらと手を振った。食べ残しはそのまま放っておけば、きっとこの近辺に住む動物たちの餌《えさ》になり、数日たてば骨になっていることだろう。

それにしても、草原では家に引き籠《こ》もってダラダラしていたポン太の、意外な生態を見た。

「ポン太って、もしかして凶暴な動物？」

人里に入るとしたら、カムフラージュが必要かもしれない。

それからなにもする気になれず、花は風呂にも入らずに寝た。そして就寝後は、タヌキとイノシシに襲《おそ》われる夢にうなされたのだった。


翌朝。

「……寝た気がしない」

花はどんよりとした顔で目を覚ます。

すでに起きて毛繕《けづくろ》いをしているポン太を横目に、まずは風呂に入って気分をすっきりさせた。そしてペンで作った牛乳とバランス栄養食で朝食を済ませたところで、ようやく身体に活力が戻る。

――今日こそは、人里にたどり着くぞ！

花は気合を入れ直して荷物をまとめている途中、大事なことを思い出す。

「あ、自転車！」

イノシシの攻撃で歪《ゆが》んでしまった自転車は、玄関横に立てかけていた。慌てて確認すると、自転車は新品状態になっている。

——よかった、歩き旅になるかと思ったよ！

花はホッと胸を撫《な》で下ろした。

それから外に出て家を消し、自転車のカゴにポン太を、荷台に残り少なくなった食料を積み、リュックを背負ってサドルに跨《また》がる。

「そうだ、あのイノシシどうなったかな？」

気になった花は出発する前に、昨日のイノシシとの遭遇《そうぐう》現場を覗く。

果たしてそこには、骨格標本のような姿になったイノシシがあった。昨日の夜更けに外でガサガサと音がしていたので、美味《おい》しくいただかれたのだろう。不思議なことにイノシシを食べた獣は、すぐ側にある家を襲《おそ》おうとしなかった。これも世界の優しさなのか、家のセキュリティは万全らしい。

——南無南無《なむなむ》……

花は手を合わせてイノシシの冥福《めいふく》を祈り、化《ば》けて出ないことを願う。

改めて、人里目指して出発だ。花が道に沿って自転車を漕《こ》いでいると、ポン太が空を見上げて鋭く鳴く。

「キュウ！」

「今度はなに⁉」

昨日と同じパターンに、「またイノシシか⁉」と花が自転車を止めて身構えると同時に、空が陰《かげ》る。

何事かと見上げると、大きな飛行物体が頭上を横切るところだった。飛行物体といっても飛行機ではない、翼の生えた大きなトカゲみたいな生き物だ。

――あれって、竜？

日本では想像上の生き物だったものが、空を飛んでいる。ポカーンと口を開けている花の間抜け顔に、興奮してカゴの上に乗り上げたポン太の尻尾がクリティカルヒットした。

昨日のイノシシといい、草原に籠《こ》もっている時はわからなかったが、花は結構なファンタジーな世界に来たようだ。

――早く人里に着きたい。

人間との交流以前に身の安全のため、可及的速やかに到着を願った花だった。

やがて竜は、急速に高度を上げて飛び去った。

「……行くか」

竜が見えなくなって、花はようやく先に進み出す。

飛び去った竜の背中には青い目の覆面《ふくめん》男がいたのだが、花の視界には入らなかった。

その後、特に危険に遭遇《そうぐう》せずに自転車を漕《こ》ぐこと半日。とうとう街らしき影が見えてきた。

「やった、街だよ街！」

この瞬間、花は異世界に来て一番はしゃいでいた。

＊＊＊

花が街を発見してはしゃいでいる頃。

覆面男《ふくめん》――アルは飛竜で死の平原の上空を飛んでいた。死の平原に近付くことを嫌がる飛竜を宥《なだ》めるのに大変苦労をしたが、近付きたくないのはアルとて同じだ。

そもそもアルは怪我《けが》の療養のために、長期の休みを貰っていたはずだった。それを命令だと言われて駆り出されては、やる気も下がろうというもの。とはいえ教皇の命令ではこちらに拒否権はなく、仕方ないと諦めるほかない。それでも死の平原に向かうには体調が不安視され、薬による体力回復と準備に時間を費《つい》やせたのは不幸中の幸いだった。

――そもそも、あそこでコンと戦闘にならなければ、怪我《けが》などせずとも済んだのに。

怪我《けが》の原因は、任務で勇者を監視していた最中にコンと遭遇《そうぐう》したことだ。

コンは、竜と同様に知能が高い獣の一種であり、人の言葉を理解する。中型犬程度の大きさだが太めの身体で、愛嬌《あいきょう》があるもっさりとした尻尾が特徴だ。

だがその本性はきわめて凶暴であり、接触には慎重を期さねばならない。そんなコンを、勇者たちは死の平原に接する森の中で見つけ、契約獣にしようと安易に接触した。

契約獣とは、知能の高い獣に名付けをすることで魔力を繋《つな》ぎ、強い絆《きずな》を構築する魔術だ。魔力が繋《つな》がれることで、互いにより強い魔力を扱えるようになるという利点があった。

契約獣の魔術は、絆《きずな》を構築した獣側の行動を縛るものではなく、契約をしていても敵だと思われれば襲《おそ》われる。あくまでお互いの信頼により成り立つ術なのだ。比較的穏やかな性格である竜を対象とすることが多く、凶暴なコンには不向きと言われる。

──だというのに、あいつらは！

勇者たちはコンの強さや愛嬌《あいきょう》のある外見に惹《ひ》きつけられて、なにも考えずに契約獣にしようとしたらしい。それで安易に刺激したのが原因で、コンが攻撃的になってしまった。

勇者を死なせてはならないと命令されているアルは、勇者を逃がすため代わりに戦うこととなった。その結果、コンに深手を負わせたが、自らも浅くない傷を負ったというわけだ。コンは血に濡《ぬ》れた身体を引きずって森の奥へと逃げていった。思えばあのコンはなにも悪くないのに、可哀相なことをした。

その後アルはすぐに国に帰還したが、勇者たちはあのあたりに留まっていたせいで、地震による亀裂《きれつ》で王都に帰還できなくなったのだ。

移動だけなら、アルの使う闇魔術に移動の術があるので、それで事足りる。だが闇魔術は光魔術と反発するので、光魔術の使い手である勇者を運べない。勇者一人を残すことなどできるはずもなく、必然的に供の三人も戻れないという状況にあった。教皇にしてみれば、とんだ計算違いだ。

──教皇は自分の思い通りにいかず、怒り狂っているだろうな。

そんなお国事情は置いておくとして。先程飛竜の高度を上げるために弾みをつけようと一旦高度を下げた時、奇妙な乗り物に乗った人物を見かけた。一人旅らしきその者と一緒にいた獣が、コンに見えたのだが、見間違いだろうか。

――疲れているのかもな。

コンに恨みはないけれど、大怪我《けが》を負わされて過敏になっているのかもしれない。

――傷が痛む……、早く終わらせよう。

死の平原は生物が生存できないとされており、たとえ怪我《けが》がなくとも寄り付きたくない場所だ。

急きょ言い渡された任務のためとはいえ、長時間滞在したいものではない。

アルは飛竜を操《あやつ》りながら双眼鏡で平原を観察する。情報だと人が出入りする家があったという場所は、だいたいこのあたりのはずだ。慎重に観察していると、平原に奇妙なものを発見した。

――なんだアレは？

四角い物体が描かれていた。記号のようにも見えるが、なにを表しているのか、どういった意味合いのものなのか、この距離からではわからない。

――近くで見てみるか。

飛竜を上空に留め置いたアルは魔術を操《あやつ》って空間を歪《ゆが》め、一人草原に移動した。

とたんに襲《おそ》いくる息苦しさに、数度咳込む。体内の魔素が異常を起こしているのが自分でわかる。

「くっ……」

この調子だと、十分も立っていられないだろう。

さっさと確認するべく、アルは早足で上空から見えた絵に近寄った。すると平原の草が所々黒く変色していることに気付く。それらが上空から見た時に、大きな絵に見えたようだ。

――草が染まって、絵になっているのか？

草の変色した部分を擦《こす》っても、色は消えない。人の手によるものだろうかと考え、すぐに打ち消す。この草原にこれだけの仕掛けをするのに、どれほどの時間を要するかわからないが、仕掛けた者の命が続くとは思えない。しかし、自然現象だとも考え難い。

様々な可能性を想像しながら、アルは絵の中に入る。

「……っ！」

そして、驚きに息を呑む。不思議なことに、絵の中に入ったとたんに息苦しさがなくなったのだ。体内魔素の異常も消える。

――これはもしや、神の御業《みわざ》か？

聖王国の教会が絶対に認めないであろう考えが、アルの脳裏を過《よ》ぎった。

気になることはまだまだある。最近起きた地震の原因であろう、死の平原から伸びる亀裂《きれつ》。それが絵のすぐ側からはじまっているのだ。

もう一つ気になるのは、絵の周辺の草がなにかに潰された跡がある点だった。しかも細い車輪のようなものが通ったのか、その跡があちらこちらに伸びているのだ。

――やはり、この場所に誰かいたのか？

家があったという情報だったが、それらしきものや解体の跡はない。ただ絵があるだけだ。絵と亀裂《きれつ》、そして死の平原で発見された人物は、関係があるのだろうか？　疑問を抱いたアルの脳裏に、先程見かけた奇妙な乗り物に乗った人物が思い浮かぶ。

――まさか……

あれは比較的死の平原からの抜け道に近い場所だった気がする。

アルの中で、死の平原で生きていられる人間の存在が、現実味を帯びてきた瞬間だった。

＊　＊　＊

街の近くまでやって来た花は、悩んでいた。

街に突入するにあたって、懸念《けねん》材料が二つある。

第一に、街の出入りは自由だろうか？　地球で他国へ行くのにパスポートやビザがいるように、異世界だって移動に身分証明が必要かもしれない。しかし、花がそんなものを持っているはずはなかった。

仮にどこから来たか問われても、「日本から」と答えるのは駄目だろう。怪しんでくださいと言っているのも同然だ。

「村人が数人しかいない、名もないド田舎《いなか》の村から来た旅人。身分証なんて見たことない。この設定で行くか」

とっさに思い付いた設定だが、旅人というのはいいかもしれない。せっかく草原から脱出できたのだ。異世界の色々な場所を見てみたいし、楽しいことを発見したい。

――よし、これから私は、異世界を満喫《まんきつ》する旅人だ！

第一の問題への対策と今後の目標が決まったところで、第二の心配事だ。

――ポン太をどうしよう？

もしポン太が、この世界の住人にとって危険な猛獣扱いであった場合、それを連れている花はどういう対応をされるだろうか？

「……頭がおかしいって思われるわね」

花はじっとりとした目でポン太を観察する。

「キュッ？」

ポン太が「行かないのか？」とばかりに首を傾げてみせた。あれだけ騒いだ人里を目の前にして、急に止まった花を訝《いぶか》しんでいる様子だ。そんな意外と賢いポン太を見ていて、花は閃《ひらめ》いた。

――ぱっと見で、危なく見えなきゃいいのよね。

日本でたまに見る、飼い主とおそろいの服を着たペットの映像が浮かんだのだ。

「洋服でも着せてみる？」

さすがにおそろいはこっちがこっ恥《ぱ》ずかしいが、可愛い服を着ればお馬鹿度が上がり、見た目の危険度が下がる気がした。

「キュッ？」

不穏《ふおん》な空気を読み取ったのか、ポン太が花から逃げるように、じりじりと後ろに下がった。


その十分後。

「うん、いい感じじゃないの！」

花は満足げに頷いた。

現在のポン太は、身体にフィットした黄色いボーダー柄のＴシャツを着せられている。これはポン太を地面にべったりと寝せて体型を描き、そこからＴシャツを型取りした代物だ。

――我ながら頭いい‼

Ｔシャツを着たポン太は、実に可愛い見た目をしている。これでポン太を凶暴な獣だと思う人間がいるだろうか？　いてもかなり少ない気がする。

「キュー……」

テンションが高い花に反して、ポン太のテンションはダダ下がりだった。

ともかく、懸念《けねん》事項が解決したので、改めて街へ突入だ。

自転車を漕《こ》いで街の入り口らしきところへ向かった花は、前方に人影を発見した。体格のいいおじさんで、街の入り口を守っている兵隊かなにかのようだ。

おじさんは、ぱっと見西洋人っぽく、ツノが生えていたり獣耳がついていたり肌が鱗《うろこ》だったりという特徴はない。異世界人とはいえ普通の人間である。

花がおじさんを見ているということは、おじさんからも花が見えているということだ。

「止まれ！」

ある程度の距離まで近寄ったところでおじさんに命令され、花は素直に止まった。遠目にはわからなかったが、おじさんは腰から棒状のものを下げている。たぶんあれは剣だろう。

「お前、何者だ⁉」

おじさんは不審者を見る目で花を見ていた。日本でも、自転車に大荷物とタヌキを積んだ女子というのは思いっきり怪しいだろうから、花としてはこの扱いに反抗する気もない。

それどころか、内心で小躍《こおど》りしていた。

——やった、言葉が通じるよ！　会話だやっほい！

花は日本語以外は学校で習った片言英語くらいしか話せないし、頭がいい方でもない。異世界語がどんなものかわからないが、今から勉強して習得できる自信がなかった。なので言語での意思の疎通は絶望視していたが、言葉が通じたことは嬉しい誤算である。どうやら、孤独のあまりタヌキ語の習得を試《こころ》みなくてもよさそうだ。

——買い物で苦労せずに済みそう！

言葉の通じないよそ者だと邪険にされるという、最悪の状況も考えていたけれど、どうやら杞憂《きゆう》に終わりそうだ。脳裏に異世界へやって来てからの苦労が流れていき、涙が出てきた。

「……何故泣いている？」

「スミマセン、嬉しくて、つい」

涙をにじませるどころではなく本気泣きをはじめた花に、おじさんはドン引きだ。思えば彼は、花にとって記念すべき第一異世界人である。スマホで記念撮影でもすべきだろうか？

花は気が済むまで泣いたところで、おじさんからの質疑応答を受けることにした。

「名前は？」

「山田花、花子じゃないよ」

「……意味がわからんが、ヤマ・ダハナだな」

名前ネタが通じないし、変なイントネーションだったが、まあいい。

「職業は？」

「ド田舎《いなか》から来た旅人です！」

花が考えた設定を自信満々に答えたところ、特になにも言われなかった。

「で、それは？」

おじさんが指し示した先、カゴの中でポン太がキリッとした顔をしている。

「ペットのタヌキで、ポン太です！」

花はポン太をよいしょっと抱え上げ、おじさんの眼前に持ち上げた。

「キュー！」

ポン太が「なんか文句あんのか」と言わんばかりの眼光で、おじさんを睨《にら》む。

おじさんは引き気味になりつつも、ポン太を見て首を傾げる。

「……タヌキ？　コンじゃないのか？」

異世界ではタヌキをコンと呼ぶらしい。タヌキなのにキツネみたいな名前だと、花は思わず笑いそうになった。

「コンっていう動物だと、なんか駄目なんですか？」

「駄目というか……」

花の疑問に、おじさんは難しい顔をする。

「コンは竜と同じく、知能が高く魔力を操《あやつ》る特別な獣だ。凶暴で、聖王国の森をテリトリーにしていると聞く。珍しい獣だから、お嬢ちゃんが知らなくても無理ないが」

「へー、そうなんだぁ」

花はおじさんの説明に気のない合槌《あいづち》を打つ。懸念《けねん》していた通り、ポン太の種族は世間様で凶暴だと認識されているらしい。聖王国の森とは、異世界二日目に見たやたらと爆発音が響く森だろうか。

「でもご心配なく、ポン太はタヌキですから！」

そう言って、花はポン太をおじさんの鼻先に突きつける。おじさんの鼻が、ポン太のTシャツ越しのお腹に埋もれた。

「……まあ、服を着ているコンなんて、聞いたことないな」

おじさんは、ポン太の正体に自信がなくなったらしい。Tシャツ効果は抜群のようだが、当のポン太のメンタルは削れたのか、もっさり尻尾が若干しおれている。

「じゃあ問題ナシってことで、ここ通っていいよね！」

花が、ボロを出さないうちにポン太をカゴに戻して行ってしまおうとすると……

「待て、まだある。それは移動の道具みたいだが、見たことがないぞ。車輪がついているところを見ると、荷馬車を改造でもしたのか？」

おじさんが自転車について聞いてきた。どうやら異世界では見ない乗り物のようだ。

「まあ、そんなもんです」

花は自転車を観察するおじさんに適当に答えた。荷馬車も自転車も車の仲間であるのは違いない。

「そういえば服装も変わっているな。獣に服を着せたりしているあたり変わったものが好きらしいし、もしかして錬金術師か？」

変わりもの好きのレッテルを貼られたが、花はなにも答えずに笑顔でごまかした。

「ねー、もう行っていい？」

「……まあいいか、犯罪者じゃなさそうだ。犯罪者だったら、こんなに目立って変に思われるマネはしないもんだしな。ようこそ、リブレの街へ」

「どーもです！」

こうして、花は無事に街に入ることができた。

遠ざかったところで、こっそりとおじさんをスマホで撮影する。やはり記念というものは大事にするべきだろう。

いよいよ、異世界の街デビューだ。

花はドキドキしながら入り口をくぐった。外敵対策なのか、街はぐるりと壁で囲まれている。

――うわぁ、外国っぽい！　って、外国どころか異世界だけど。

花は自転車を押して歩きながら、キョロキョロと街中を見回す。石畳の敷かれた街並みはヨーロッパを思わせるものがあった。高い建物はあまりなく、田舎《いなか》風の外観だ。

通りを行く人々も、いかにも民族衣装的な服装ではないので、歩いていて驚きや違和感があまりない。髪の色も茶色系がほとんどだが、たまに黒を見かけるため、髪や目の色に関しては花が特別目立つということはなかった。

花のTシャツにジーパンの格好は物珍しいようではあるが、注目を集めるほど奇抜ではない。ヨーロッパの古風な田舎《いなか》町へ遊びに来た、日本の現代っ子っという雰囲気である。自転車と、カゴから身を乗り出しているポン太の方がガン見されていた。

——細かいことは、気にしない！

花としても初めての異世界の街をゆっくり観光したいところだが、その前に腹ごしらえだ。ポン太と一緒にクンクンと食べ物の匂いを探しながら、通りを行く。

「やっぱまずは、お肉よねー」

花はそこそこにぎわっている商店街を眺めて呟く。ずっとタンパク質の摂取をバランス栄養食に頼っていたので、ステーキに齧《かじ》り付きたい。できれば異世界のジャンクフードだって買い食いしてみたい。

——きっと、いい匂いの店が美味《おい》しいはず！

香ばしい匂いにつられてフラフラと、通りの奥へ奥へと進む。すると香ばしかった匂いが、だんだんと香ばしすぎる臭いに変わっていく。そして何故か、商店街を抜けて住宅街へと入り込んでしまった。

——住宅街に、隠れ家的レストランがあるとか？

そんなことを考えて、通りの角を曲がった時。道の先の方で、大きな建物から派手に黒煙が上がっているのが見えた。

「……いや、あれは香ばしすぎるどころじゃないよね」

どうやら花は、火事現場に流れ着いてしまったらしい。

火事現場には結構な野次馬が集まっていた。

「これはもう無理だろう」

「火元はなんなの？」

「近所の連中も、避難した方がいいんじゃないか？」

野次馬たちが他人事のように話しているところへ、悲痛な叫びが聞こえた。

「中に、中にまだお嬢様が……！」

若い女性が火に巻かれた建物の中に入ろうとするのを、大人の男たちが止めている。

「駄目だ、入り口が火で塞《ふさ》がっている！」

「アンタまで死ぬぞ！」

男たちが説得するものの、それでも女性は泣き叫んで彼らを振りほどこうとしていた。

――うーん、悲惨なことになりそうだなぁ……

可哀相だとは思うが、花には火を消す術《すべ》はない。たとえペンで消火器を出したところで、この規模の火災では焼け石に水だ。

現場では、取り残されているというお嬢様の救出方法が考えられていた。外と繋《つな》がるドア近辺が火に塞《ふさ》がれているだけで、お嬢様のいる部屋のあたりはまだ無事らしい。それでも煙の被害に遭《あ》っているだろうから、早く助けなければ危険だ。

「あちらの壁を壊せば、行けるか……」

比較的無事な箇所の壁から屋内に入り、お嬢様のいる部屋まで行こうという案が出る。他の面々もその案を支持したようで、救出の方向が決まりかけていた。

——お嬢様は助かるみたいね。

異世界の街を発見して早々に火事と人死《ひとじ》にに遭遇《そうぐう》なんて、縁起《えんぎ》が悪いにもほどがある。他人事ながら、花もホッとしていると……

「駄目だ、この建物は領主様の持ち物なのだぞ⁉　壊したりして、誰が責任をとるのだ⁉」

ヒステリックな声が、火事現場に響いた。

「そもそも、どうして火事なんかになった！　私は知らないぞ！」

怒鳴りながら現れたのは、背の低い小太りの男だった。

「そうは言いますが、このままだとどのみち建物は燃えてしまいます！」

「いかんいかん！　こちら側はまだ無傷ではないか！　壊すなど絶対にいかん！」

小太り男が現場の人間と押し問答をはじめる。どう見ても、邪魔をしているとしか思えない。

「ねえ、誰アレ？」

花は近くの野次馬を捕まえて聞いた。

「あん？　この屋敷の留守役だよ」

そう答えてくれた野次馬の話を整理すると、こういうことだ。このお屋敷の持ち主は出かけており、娘さんが留守番をしていた間に火事発生。建物へ入るドアが全て火で塞《ふさ》がって入れないので、壁を壊して強引に入りたいのに、留守を預かる奴は持ち主の許可なくお屋敷を壊して責任問題になるのを怖がっている。

——いるんだよね、いざっていう時の優先順位がつけられなくて、自己保身に走る奴。

バイトの先輩とか上司にたまに見かける、非常に迷惑なタイプである。しかしこのまま放っておけば、お嬢様が危ない。

「……仕方ないなぁ」

花はそう呟き、ため息を漏《も》らした。自分には関係ないことだと、見て見ぬふりをしては寝覚めが悪そうだ。

邪魔者のせいで混乱している現場へ近付く花に、野次馬たちが不審な目を向けるが、知ったことではない。どさくさの盗難防止のため、花はポン太付き自転車で敷地に乗り入れる。

「お嬢ちゃん、危ないぞ！」

「うん、知ってる」

花に気付いた現場の人間が追い返そうとするが、それをかわして建物のまだ無事な方に近付く。

「こっちは部屋か、家具が邪魔だな。できれば廊下がいいけど、火元に近いかなぁ」

「おい、誰だお前？」

壁を触りながらブツブツと呟く花を、周囲の者が訝《いぶか》し気に見る。

「通りすがりなんで、気にしないで」

花はそちらを見もせずに、ヒラヒラと手を振った。

「もしや放火犯が戻ってきた⁉　だとしたらキサマが全部悪いんであって、私は被害者だな‼」

アホなことを言う小太りの男は放っておいて、花は目星をつけた外壁を確認する。火の勢いが増す中、ただでさえ絵の下手な花が、デカい絵を描いてもたついている暇はない。かといって素早く手抜き絵を描いて失敗しては、人命に関わる上に恥ずかしい。

――仕方ない、例の裏紙でいくか。

花はリュックから便箋《びんせん》を一枚取り出し、裏に長方形の絵を描く。その近くに高さ二メートル、幅一メートルもあれば大丈夫だろうと、寸法も書き込む。

「なにしているんだ？」

「箱の絵にしては、線が歪《ゆが》んでいるぞ」

上に人間がドアから出て行く看板を付け足せば、ビルに必ずある「非常口」の絵が完成だ。

「ボールに木の枝を刺した絵を描いているぞ」

「まじないか？」

後ろにいる連中のコメントが、花のガラスのハートにダメージを与える。

ボールに木の枝が刺さっていると言われたのは、人間のつもりで描いたものだ。しかも世界の優しさに縋《すが》るために、ちゃんと看板に「非常口」と書いている。

あとは、絵を描いた紙を壁に貼り付けるだけだ。

「ねえ、なんか糊付《のりづ》けするものない？」

すぐ後ろで覗き込んでいた誰かに、花は聞いた。

「……あるけど」

「早く持ってきて、はーやーくー!!」

花の謎の絵と勢いに呑まれたのか、はたまた自転車カゴで呑気《のんき》に欠伸《あくび》をするTシャツタヌキに怯《おび》えたのか、頼んだ誰かは速攻で糊《のり》を持ってきた。花は受け取った糊《のり》で、裏紙を壁にペタリと貼る。

不思議なことに裏紙は飛んでくる火の粉で焦《こ》げもせず、綺麗なままだ。さすがは神の便箋《びんせん》。

――これでオーケー！

ペンを握り込んだ花は、そういえば人前でペンを使うのはこれが初めてだと気付く。後ろでざわつく野次馬に今更ながら緊張するが、ここで止めるわけにはいかない。

「カモン、非常口！」

花はペンのボタンを押した。

カーン、カーン！

鐘が二つ鳴る。世界に非常口マークの努力を買ってもらえたのかもしれない。

「なんだ!?」

「絵が光った!?」

野次馬が驚く中、壁に立派な鉄扉ができた。ちゃんと上部に緑の背景の看板もついている。

ポカンとした顔で扉を眺める連中の前で、花は扉を開けてみた。扉の向こうの廊下には煙《けむ》い空気が立ち込めているものの、通れそうだ。

「ほら早く、廊下はまだ行けそうじゃん？」

花の言葉に、彼らはハッとした。

「あ、そうだな、行こう！」

それからしばらくして、無事にお嬢様が救出された。野次馬情報によるとまだ五歳のお子様だそうで、火事の恐怖で泣きじゃくっていた。

「ほーら、タヌキだよー、面白いよー」

「キュ！」

花がポン太をお嬢様の前に持っていくと、彼女はきょとんとした顔で泣きやんだ。Tシャツタヌキのインパクトは、泣く子を黙らせるらしい。大人の顔色は悪くさせるみたいだが。

結果、火事で建物の半分が焼失したものの、人死には出なかった。よかったよかったと、現場が安堵感に包まれていると……

「勝手に建物を作り変えたな!?　どうしてくれるんだ!!」

あの邪魔者が、ボーッと成り行きを見守っていた花に文句を言ってきた。

「うるさいわね、元に戻せばいいんでしょうが」

花が非常口に手を触れてボタンを押せば、鉄扉と看板が消えて、元の壁と裏紙に戻る。

「これで文句ないでしょ？」

邪魔者が顔を真っ赤にして口をパクパクさせる中、周囲がどよめいた。

「錬金術師だ！」

野次馬の誰かが、そんなことを叫んだ。

「錬金術師様だ！」

「錬金術師様バンザイ！」

花がなにか言う間もなく、輪唱のように「錬金術師」という言葉が広がっていく。

――え、ナニコレ？

こうして「錬金術師・花」が誕生した。

火事で燃えたお屋敷は、領主様の別荘だったらしい。あれから花は、火事からお嬢様を救った錬金術師として、色々な人から食べ物を奢《おご》ってもらった。

そう、何故か花は錬金術師と呼ばれているのだ。

――そういえば最初に会ったおじさんも、そんなことを言っていたかも。

花にとって錬金術師というと「怪しい研究をしている人」のイメージだが、ここではどういった理由でそう呼ばれているのか。おじさんが零《こぼ》していた、変わっている云々《うんぬん》という理由ではないことを願いたい。

とにかく、念願の美味《おい》しい食べ物を貰えた花としては、いいことをした甲斐《かい》があったというものだ。これぞ、情けは人のためならずである。

ちなみにポン太付き自転車は、盗難防止のために店内の入り口横に置かせてもらった。カゴのポン太は怖い物見たさの客から肉を貢《みつ》がれている。

奢《おご》ってもらう際に聞いた話によると、現場の邪魔をしただけだった留守役は、お屋敷内の人員の中でも冴《さ》えない下っ端だったらしい。一番偉い使用人は領主様の視察に付いていき、二番目は病気で休養中。それでアレに留守役が回ったというわけだ。領主様が日帰り視察の半日くらいなら大丈夫だろうと判断した結果だったという。

「なんかそれ、怪しくない？」

そんな状況で火事なんて、不幸な偶然というにはいささかできすぎている。

「お嬢ちゃんもそう思うか？　街は聖王国の手先の仕業《しわざ》なんじゃないかって話題で持ち切りだ」

「この領地は聖王国との国境だからな。あの国からの嫌がらせはいつものことさ」

そんな話を色々な人から聞いた。

「ふーん……」

あまり自分に関係があると思えず、聞き流す花だった。

適度にお腹が満たされた花は、この日の寝床をどうするか思案する。せっかくなので宿に泊まるのもいいかなと考えた時、重要なことに気が付いた。そういえばこの世界のお金を持っていない。散々奢《おご》ってもらった後に気付くとは、我ながらいささか間抜けである。

――危ない、無銭飲食をするところだった！

初めての異世界の街に舞い上がっていたようだ。当然、宿に泊まれるはずがない。

「なんだ、もう出ていくのか？」

すっかり夜になった頃、街の入り口に現れた花は、おじさんからそんな声をかけられた。おじさんはずっとここにいたため火事騒ぎの詳細を知らないのか、花を見ても特に態度が変わらない。

そんなおじさんに、花は軽い口調で告げた。

「ここに家を作るから」

「……は？」

意味がわからないと言わんばかりの顔をするおじさんの前で、花は入り口の少し横に家の間取り図を描いた裏紙を置く。

「カモン、ログハウス！」

カーン、カーン！

いつものように地面が光ってログハウスが現れるのを、花は欠伸《あくび》混じりに、おじさんは顎《あご》が外れそうな顔で見ていた。

無事に出来上がったログハウスに、花はポン太付き自転車ごと入っていく。

「じゃ、オヤスミ」

バタンと玄関を閉めた花だったが、おじさんはしばらく呆然と立っていたのだった。


翌日から、錬金術師の家がリブレの街の観光スポットとなった。

加えて視察から戻ってきた領主様が、火事の顛末《てんまつ》を聞いてお嬢様の無事を喜び、花に謝礼金を払ってくれた。

——やった、お金をゲットだ！

早速花が自転車を家に置いてポン太を連れて街へ出かければ、「錬金術師が来た！」と歓迎してもらえる。この呼び名にも、最初こそお尻のあたりがむず痒《がゆ》い思いをしたが、だんだんと開き直った。名前を聞いて色々オマケをしてもらえることの方が重要だ。

花が街にやって来てから五日も経てば、生活も安定してきた。三食温かいご飯を食べることができるし、たまに「錬金術見せて！」と子供にせがまれて無難なテーブルを作ってみたりして、平穏な日々を送っている。

――これよ、これが普通の生活なのよ！

毎日全力で自転車を漕《こ》いだり、タヌキ相手に寂しくご飯を食べたりしない生活。これを普通と言わずしてなんと言うのか。ニートに片足を突っ込んでいる気もするが、最初の二週間の苦労の分だと思えばいい。

食堂の定食や屋台料理のおかげで、特に食生活が充実している。この街は海が遠いのかスペイン風の肉料理が多いが、脂《あぶら》っこくて胃にもたれるとか、スパイスが利きすぎて舌がしびれるとかはなかった。日本人の舌に合うなんてすばらしい。

――異世界満喫《まんきつ》旅の予定だけど、もうちょっとここにいよう！

元々旅程なんてないのだ、この街に飽《あ》きたら次の街に行くくらいの気分でもいいかもしれない。

生活に潤《うるお》いが出れば、やる気もアップするものである。花は台所で土鍋を見つけて、以前は面倒だと諦めた炊飯《すいはん》にチャレンジする気になった。それというのも、料理が似ているだけあって気候もスペインに似ているのか、この土地では米が食べられているのだ。しかしこの米は、日本でなじみのものとは種類が違う。

いっそ米がなかったらなんにも思わなかったかもしれないが、種類違いの米を食べてしまったら、やはり日本のあの米が食べたくなったのだ。

花は改めて、ペンで米を作った。

――確か水と米はほぼ同量、初めチョロチョロ中《なか》パッパ、だっけ？

母親から聞いたうろ覚えの知識を試したところ、二度失敗して、三度目に成功と言えるご飯が炊《た》けた。これでテイクアウトのおかずが、より美味《おい》しく食べられるというものだ。

炊飯《すいはん》に成功した日はご飯記念日ということで、夕食に子豚の丸焼きを一頭まるっとテイクアウトした。最初こそ子豚と目が合う気がしてビクビクしていた花だが、美味《おい》しさを知ってしまってはそれも気にならない。

「美味《おい》しーい！」

テーブルに載る子豚の丸焼きをせっせと切り分けながら、花はご飯をかき込む。

「キュ！」

同じく子豚の丸焼きを切り分けたものを食べていたポン太が、ご飯を食べる花を見て羨《うらや》ましそうな顔をする。

「うん？　ポン太も食べる？」

日本の味を誰かと分かち合いたくなった花は、ポン太用に切り分けた子豚の丸焼きをご飯に載せて豚丼を作ってやった。

「キュ！」

ポン太が嬉しそうにモリモリと丼を食べる。これでポン太は、初めて日本の米を食べた異世界生物だ。

——記念写真を撮《と》っとこう。

丼に顔を突っ込むタヌキの写真が、スマホに記録された。

＊＊＊

こんな風に、花が楽しい異世界ライフを満喫《まんきつ》していた頃。

リブレの街では錬金術師ごっこなる遊びが流行《はや》り、子供たちが地面に丸と「テーブル」の文字を書いて「出でよ！」とか言う光景が、あちらこちらで見られた。

ちなみに「テーブル」という字は日本語なので、異世界人には意味不明の記号と思われている。

「出でよ！　ババーン！」

カッコよくポーズをとった子供の前に、他の子供がおもちゃのテーブルを置く。なんとも可愛い錬金術師ごっこだ。

そんな子供たちに近付く人影があった。フードを深く被った覆面《ふくめん》姿の男——アルだ。

「この絵はなんだい？」

尋ねたアルに、子供は怪しい相手にもかかわらず無邪気に答えた。

「錬金術師様の記号なの！　すごいのよ！」

「……なるほど」

子供の説明は拙《つたな》いものだったが、アルはそれ以上の追及をしなかった。

子供たちから離れたアルは、あの錬金術師の記号だという絵に既視感《きしかん》を覚えていた。

「あの絵、草原にあった記号の中で見た気がする」

街は、領主の別荘の火事から幼い少女を救った錬金術師の話で持ち切りだ。

――大方、火事は聖王国の仕業《しわざ》だな。

正確には、聖王国が洗脳した者の仕業《しわざ》だろう。聖王国は、国との繋《つな》がりなどない一般人を洗脳しては、工作員として各国にばら撒《ま》いているのだ。

この国境地帯の領主は、聖王国の侵略を毎度阻《はば》んでいる有能な人物と聞く。その弱点を突こうとしたが、偶然通りかかった錬金術師に邪魔をされたというところか。

当の錬金術師は、毎日食事のために街へ繰り出しているので探さずとも見かけられた。

――あいつだ。

錬金術師の姿を陰《かげ》から覗き見たアルは、それがいつか飛竜から見た人物だとすぐにわかった。何故か服を着ているコンを連れて、警戒心のかけらもない様子で歩いている。

そして街の入り口にいつの間にか建っている丸太造りの家は、錬金術師のものだという。実は錬金術師がいない間に侵入を試《こころ》みたのだが、どうしたことか移動の魔術が発動せず入れなかった。魔術除けにも引っかからない自信があるアルにとって、これは驚くべきことだ。

――あれは、錬金術なのか？

錬金術というものは色々と謎が多い。しかも術師によって術の構築方法が違うので、理解が困難なのだ。しかし、こんな完璧な物質を無から生み出す錬金術など、聞いたことがない。

――マズいことになるかもしれん。

もうじき勇者たちがこの街にやって来る。もしあの錬金術師が死の平原で生きていられる人物ならば、勇者が興味を持たないはずがない。

――錬金術師の話は、もう教皇の耳に入っているだろうな。

錬金術師も火事を他人事だと放っておけば、災《わざわ》いが降りかかることもなかったというのに。理解し難い人物だったが、この者のおかげで幼い少女が助かったことには、アルはほんの少し安堵していたのだった。

＊　＊　＊

ある日、花がいつものように食堂で昼食を食べていた時、見知らぬ集団が店に入ってきた。

――うわぁ、なにアレ。

花は思わず食べるのをやめてガン見する。入店してきたのは、四人の旅人だった。旅人と断定した理由は、ここのところ毎日街に通っている花が見たことのない顔だったことが一点、四人がとにかく派手な格好で、周りから浮きまくりだったのがもう一点だ。

装飾が入ったピカピカの鎧《よろい》を着たイケメンに、筋肉ムキムキの上半身裸の男、青っぽい色の生地に金糸銀糸の刺繍《ししゅう》が入った高そうなローブを着たお姉さんに、派手な真っ赤なローブを着たギャルっぽい娘。それぞれ勇者・戦士・僧侶・魔法使いといった雰囲気だ。

四人とも明るさは違うものの、茶色の髪の毛と目をしている。街のみんなも大体そうなので、それがこの地方の人種の特徴なのだろう。

これが日本なら「RPG《ロールプレイングゲーム》イベントのコスプレですか？」と聞きたくなりそうな、いかにもな格好だ。ここは異世界だからこれが普通なのかもと考えたが、花以外の地元客も、四人を見てざわついている。

四人は空《あ》いている席に勝手に座ると、大きな声で会話をはじめた。

「こんなシケた店しかないのかよ、田舎《いなか》はこれだから」

推定戦士が初っ端《しょっぱな》から悪口を飛ばす。シケた店が嫌なら野宿でもしていろと、毎日大満足で通っている花は言いたい。

「田舎《いなか》ばっかり回ってたら、流行に乗り遅れちゃう。友達に馬鹿にされるわ！」

続いて推定魔法使いがボヤく。それなら都会に引き籠《こ》もっていればいいのに。

「悪路が続くので、衣装が汚れてしまいますわ」

推定僧侶まで悪口を言う。だったら汚れて困る格好で旅をしなきゃいいのだ。

三人の悪口大会に、今まで楽しくおしゃべりしていた客が黙り込む。そんな微妙な空気なんてものともせず、彼らは会話を続ける。

「あ～あ、やっぱりあのコン惜しかったなぁ」

「せっかく可愛かったのにね」

推定魔法使いに、推定僧侶が同意した。

「そうよ！　上手くいっていればコンを契約獣にしてるって友達に自慢できたのにぃ。アイツが邪魔しなきゃ、アタシの実力だったら契約できたはずなのよ！」

推定魔法使いのボヤキは止まらない。なんだかペットショップで可愛いワンコを見かけて衝動買いしたが、世話をできずに捨ててしまう駄目飼い主を彷彿《ほうふつ》とさせる。

ここで花は、会話に出てきた「コン」という名前に「うん？」と首を傾げた。このキツネっぽい名前は、確かポン太のことだったはず。当のポン太は何故かテーブル下の花の足元に隠れている。いつもなら堂々とイスに乗っているのに。

「だいたいアイツ、俺らの前に出て目立ちやがって、使い走りのくせに！」

推定戦士も、二人のボヤキに乗ってくる。

花はそんな会話を聞きながら、ポン太を足先でツンツンと突《つつ》く。

「……ポン太、もしかして、あの馬鹿そうなのに絡まれて怪我《けが》したの？」

「キュ……」

ポン太は同意するみたいに頷き、嫌そうに尻尾の毛繕《けづくろ》いをしている。

――うーん、どうしようかな。

ここでポン太が姿を見せたら、すごく面倒なことになる気がした。それにしても、あの爆音の森とこの街は距離がある。なのにこうしてポン太と傷害犯が再会するなんて、どんな偶然だろうか。

花がどうにかして四人をやり過ごす方法を考えていると……

「そんなことはどうでもいい。勇者であるこの僕に指図するなんて、何様のつもりなんだか」

ここまで無言だった推定勇者が、不機嫌極まりない声で言った。いや、自ら名乗るのだから推定ではない。本当に勇者が存在するとは、さすが異世界だ。ちょっとスマホで記念撮影をしたくなったが、空気を読んで控える。

――あいつらが早くどっかへ行くことを願おう。

花が「絡まれませんように！」と祈りつつ、空気になろうと努力していた時。

「錬金術師様、追加のデザートお待ち！」

店の主人であるおじさんがカウンターから出てきて、大きな声で言った。どうやら奥の厨房《ちゅうぼう》にいたせいで、店の微妙な空気を察せなかったようだ。

「おじさん、シーッ、シーッ！」

花が慌てるも時すでに遅く、おじさんの大声は当然勇者一行にバッチリ聞こえていた。

「錬金術師だと⁉」

花が勇者一行の注目を集めると、ポン太は素早く隣のテーブル下へ移動した。薄情なタヌキだ。

勇者は花に逃げる間を与えず、テーブルまで足早に近付いた。

「噂《うわさ》の錬金術師の家とやらに行っても誰も出てこないから、不敬罪で訴えるところだったぞ！まったく、僕の手を煩《わずら》わせるなんて、非常識にもほどがある！」

勇者が謎の上から目線で話す。

――うわぁ、こういう奴って苦手！

横目で逃げ道を探す花に、勇者が一歩前に出て迫《せま》る。

「凄腕の錬金術師という噂《うわさ》だ、死の平原を越える手段を持っているだろう？」

花は色々と突っ込みたい。まず、どこで凄腕という称号が付いたんだ。これだから噂《うわさ》の伝言ゲームは怖い。それに死の平原ってなんだ。そんな地獄絵図《じごくえず》しか浮かばない場所の攻略法を、花が持っているはずない。

「我々は魔王退治を使命としている者だ。人間であれば協力するのが義務である」

花の返事がないのも構わず、勇者が偉そうに言う。人間の義務とは大きく出たもんだ。

――誰か助けてよ！

助けを求めてあたりを見回すも、周囲の客は絡まれたくないのがアリアリで、料理の皿を持って遠くのテーブルに避難している。ポン太もちゃっかりそれに混じっていた。

――っていうかマジで逃げる！

花は一口でデザートを食べると、ガタンとイスを蹴《け》って立ち上がった。

「人違いです。アレは単なるあだ名なのでお気になさらず。サヨウナラ」

そして、店を出るべく早足で動いた時――

ボウン！

花が移動した先に火柱が立った。

「熱《あ》っつ!?」

その熱さに立ち止まる。

――これは、魔法なの⁉

異世界ならば魔法があるかもとは思っていたが、本当に目にすると驚きだ。

店内にケラケラと甲高い笑い声が響いた。

「勇者の話を聞かないなんて不敬、死んで詫《わ》びるしかないわよねぇ？」

そう言ったのは、杖を握った推定魔法使い、いや、もう魔法使いで決定だ。

「世界のために戦う我々に対して、敬意が感じられません。やはり死罪でしょうか」

推定僧侶が神妙な表情で謎の断罪をする。彼らに親切にしない者は死罪とかいう横暴がまかり通るとは、どんな宗教を信仰しているのだろうか。

「ちょっと言い方がアマいんだよ。こういうのは無理矢理言うことを聞かせるのが楽なんだって」

推定戦士が筋肉をピクピクさせる。

「そうかもな」

勇者が冷静に頷く。

――うわぁ、キモい!!

花が全身に鳥肌を立てつつ、このピンチを脱する方法を考えていると――

「キュー!!」

ポン太が避難先のテーブルから抜け出し、尻尾を天井に向けてピンと立てた。

バリバリィッ!!

次の瞬間、強烈な輝きが、勇者たち四人に降り注いだ。まともに光を見るはめになった花は、目が痛い。

――っていうか、あれって稲光《いなびかり》⁉

予想外のポン太の攻撃を勇者たち四人はまともに食らい、火柱が消えた。

「雷撃ですって⁉」

「あれはもしや、コンではなくて⁉」

驚愕《きょうがく》の表情を浮かべる魔法使いに、推定僧侶がポン太を指し示す。

あの稲光《いなびかり》は雷系の攻撃だったらしい。二人が喋《しゃべ》れているところを見ると、せいぜい麻痺《まひ》する程度の威力だったようだ。ポン太が大きなイノシシを一撃で倒した時も、雷による電気ショックを使ったのかもしれない。

――雷の威力を調節できるとか？

そんな疑問は後で考えるとして。

「逃げるよ、ポン太！」

花はこの隙を逃さずに逃亡する。

「キュ！」

素早い動きで走ってきたポン太が、ジャンプ一つで花の後頭部にヒシッとしがみついた。

「待ちなさいよ！　そのコンを寄越しなさい！」

魔法使いの叫びが聞こえたが、全力ダッシュで逃亡だ。家に帰って引き籠《こ》もろう。それがいい、いや、それしかない。

花が走って家に帰る途中、街の入り口に立っているおじさんに心配された。

「お前、変なのに絡まれなかったか？」

「あー、勇者様ご一行？」

勇者は錬金術師の家に行ったと言っていたから、家の隣に立っているおじさんが知っていて当然だろう。花は素直に食堂での出来事を話した。

話を聞いたおじさんが、難しい顔をして言う。

「俺は田舎者《いなか》だから、魔王がどうとかいうのはよくわからんが、勇者とやらに関わらない方がいいという噂《うわさ》は聞くぞ」

「うん、私もさっきそう思った」

花は深く頷く。あの四人、絶対に友達ができない類《たぐい》の人間だ。

その日はもう外に出ないことに決めて、夕食は久しぶりにバランス栄養食で済ませた。家の外で勇者一行らしき物音がしていたが、この家は鍵なんてなくても、花以外を勝手に入れたりしないので、ひたすら放置だ。

——そのうち、諦めて帰るよね。

夜遅くまで家の外でゴソゴソしている音がしたけれど、花は無視をして速攻寝たのだった。

＊　＊　＊

その日の夜遅く、錬金術師の家だという街の入り口横の建物に、勇者は延々と挑《いど》んでいた。何度も響く爆発音や破裂音に、街の住人が遠巻きにこちらを眺めているのがわかる。

「くそっ、これでも駄目か！」

丸太造りの家には焦《こ》げ跡もなく、切り傷一つ付いていない。勇者はそれでもなお、錬金術師に会うために強行突入しようとする。

「もうよしなさいって」

「わたくし、もう寝たいのですが」

「ふあぁ……」

呆れ顔の仲間三人を放っておいて、勇者が再び扉を破ろうとした時。

「無駄だ、その建物に魔術は効かない」

誰もいなかった場所に、覆面《ふくめん》の男――アルが現れた。

「なによアンタ！」

「驚かさないでくださる!?」

「なんだ、いたのかよ」

傍観者になっていた三人が驚く中、勇者はギラリとした目でアルを見た。

「そうだ、お前の闇魔術なら！」

期待をはらんだ視線に、アルは肩を竦《すく》める。

「言っただろう、魔術は効かないと」

「……お前の闇魔術でもか？」

「そうだ」

アルが断定したことで、勇者は落胆の表情を見せた。

「そんなことより、教皇様がお怒りだぞ。『いつまでグズグズしているのか』だそうだ」

アルが告げた言葉に、勇者ではなく他の三人の表情が硬くなる。

「だったら、こんなことをしている暇はねぇな。さっさと寝て明日早くに出立だ！」

「そうね」

「わかりましたわ」

「待て、僕はそんなことよりも錬金術師に……！」

不満そうな勇者を、三人が街へ引きずっていく。

その様子を見て、野次馬たちも騒ぎは終わりらしいと散らばりはじめる。アルはようやく静かになった錬金術師の家を見た。

——錬金術師には、もう勇者に近寄らないように脅《おど》しておこう。

きっと、それがお互いのためだ。

＊　＊　＊

翌朝、外で物音がしないことを確かめ、花は玄関を少しだけ開けて、隙間から恐る恐る外を覗いた。

「あいつら、今朝早くにどっか行ったぞ」

すると、目が合ったおじさんにそう言われた。なんと、早くも安全宣言である。

「あーよかった！　何日か引き籠《こ》もらなきゃいけないのかと思った！」

花は玄関を開け放ち、外に出てうーんと思いっきり伸びをした。ポン太も後ろで同じように伸びをしている。やはり引き籠《こ》もっていると気がめいってくるものだ。

予想よりも早い勇者一行の退場だが、おじさん曰《いわ》く、昨日遅くに来た誰かに、すぐ帰れと言われていたのだとか。

「へー、帰るってどこに？」

勇者がいる国にうっかり近付かないために、花は尋ねた。

「聖王国だろう。あそこの教会が勇者を認定するそうだから」

「ほうほう」

おじさんの答えを聞いて、「聖王国は危険」と花の脳にインプットされた。聖王国の名前は、前にも聞いた気がする。いずれにしろろくな国ではなさそうだ。

――旅をする時は避けていこう。

なにはともあれ、これで心配することなく外出できるというものだ。

「よし、朝ごはん食べに行こうっと！」

「キュッ！」

花の後ろに、当然と言わんばかりの顔をしたポン太が続く。

「なにを食べようかな～♪」

鼻歌混じりに歩いていると、建物の陰《かげ》からすっと誰かが出てきて、ぶつかりそうになる。

「あ、ごめん」

花は日本人の性《さが》で反射的に謝ったが、相手を見たとたんに回れ右をして走り去りたくなった。

花の前に現れた誰かは、フード付きのズルズルとしたマントを着込んでおり、そのフードの下の顔は目以外が覆面《ふくめん》で隠されている。身体つきから見るにたぶん男だろう。

――怪しい！

日本人的感覚ではこの一言に尽きるが、異世界人的感覚ではどうなのかと思い、周囲を窺《うかが》う。すると、こちらを見ている人がひそひそと声を交わしているのが見て取れる。やはり怪しいらしい。

きっと妙な奴をうっかりひっかけた花に同情しているか、馬鹿にしているかのどちらかだ。

――昨日からこんなのばっかなんだけど⁉

勇者一行といい、自分はヤバい人づいているのかもしれない。花の後ろで、ポン太が毛を逆立てて男を威嚇《いかく》している。タヌキ的にもこの人物は怪しいのだろう。

「お金なら渡すから、勘弁して！」

花は絡まれる前にお金で解決しようと、リュックから財布を探す。相手はそんな花の腕を取り、ぐっと身を寄せると、耳元に囁《ささや》いた。

「命が惜しければ勇者に関わるな」

彼はそれだけを言うと、すっと離れてどこかへ去る。

この通り魔的犯行に、花は立ち尽くすしかできない。

「……わざわざ言われなくても、二度と会いたくないんだけど」

取り残された花は、余計なお世話な忠告に微妙な顔をした。

しばらく呆然としていた花だったが、ポン太に尻尾で足元をペシペシされ、はっと我に返った。

「……そうよ、私は朝ごはんを食べに来たのよ！」

変なことは忘れて朝食を食べようと、花は屋台を物色する。カフェで朝食も優雅でいいが、屋台も魅力があるのだ。

リブレの街は田舎《いなか》ながら、都会よりも食べ物が美味《おい》しいのが自慢なのだとか。都会は水が不味《まず》い上に、人口と食物の供給が釣り合っていないせいで、食べ物が不味《まず》くて高価というイジメのような状態らしい。

この食料問題は、田舎《いなか》者が都会に出て挫折《ざせつ》する一因だそうだ。

——だったら、無理して都会に行くことなくない？

異世界満喫《まんきつ》旅を終えたら田舎《いなか》に引っ込み、のんびりと過ごすのはどうだろうか。ペンさえあれば壁や屋根の修理とかリフォームなんてお手の物なので、稼《かせ》ぎようもある。

漠然《ばくぜん》と将来設計が立って気分が上昇したところで、花は朝食を選ぶ。そうして買ったのは揚げパンだった。昨日の夕食をバランス栄養食で済ませたこともあり、朝からガツンとしたものを食べたくなったのだ。

揚げパンの味はフレンチトーストに似ていて、さっぱりとしたジュースと一緒に食べるとさらに美味《おい》しい。ここのところの花のお気に入りの食べ物だ。

「キュキュ！」

横で愛想を振りまくので、仕方なくポン太の分も買って、一人と一匹でそのあたりのベンチに座って食べる。

「満足！」

朝食を食べ終えて帰宅する時には、花はさっきの怪しい人物のことなんてコロッと忘れていた。

しかし、ツイていない時はとことんツイていないもので……

家に帰った花は、テーブルの上になにか見覚えのないものが置いてあるのを発見した。

「なによこれ、手紙？」

他人が入ることのできない家のテーブルに手紙が置いてあるなんて、不気味だ。それに手紙というツールが、花に既視感《きしかん》を覚えさせる。

――なんか、見覚えのある便箋《びんせん》なんだけど。

手紙のはじまりには、こう書いてあった。

『指令・神より』

花は手紙をテーブルに伏せて深呼吸をした。面倒事に巻き込まれる予感がする。

――せっかく、のんびり異世界ライフを満喫《まんきつ》できていたのに！

一瞬「このまま見なかったことにしようか」という誘惑が湧き上がる。そうすれば平穏な生活が送れるのではないか。

――いや、やっぱ無理か。

花はどちらかと言えば小心者なので、神からの指令を長期間無視することはできない気がする。それに放っていたせいでうっかり世界が滅びはしないかと、気にしながら生活するなんて嫌だ。

「……仕方ない、読むか」

できれば、あまり難しい内容ではないことを祈る。

花は異世界で、山あり谷ありの大冒険をしたいわけではない。のんびりまったりと毎日を過ごし、美味《おい》しい物を食べ、時にペットと戯《たわむ》れるという普通の生活をしたいのだ。

手紙の内容は、たった一行だった。

『魔王が死にそうです、助けてあげてください』

「なんでさ!?」

思わず叫んだ花は、悪くない。

第三章　勇者には全く憧れません

勇者の次は魔王ときたか。

「魔王が死にそうって、勇者に関係ある感じがビンビンするわね……」

つい最近、魔王を討伐《とうばつ》しようという勇者を見たばかりなので、花としてはどうしても関連を疑ってしまう。ちょっと馬鹿そうな四人組だったが、雰囲気に惑《まど》わされるのはよくない。アレでスゴい必殺技とかを持っていて、ゲームで言うラスボス攻略前状態なのかもしれない。

そして、魔王側にも事情がある可能性も考えられる。

——魔王は、実は大してレベルが高くないとか？

神がわざわざ救援要請をするということは、魔王は倒してはいけない存在なのだろうか。魔王を倒せば世界が滅びるとか、そんな仕掛けがあるのかもしれない。そういえば、ラスボスが神だったというのは、ＲＰＧ《ロールプレイングゲーム》のお約束な気がする。

——だとすると、私はラスボスの手先かも？

混乱してきたので、一旦考えるのをストップだ。花はペンで出した野菜ジュースを飲んで、脳をリフレッシュする。

話を整理してみよう。神は魔王を助けてほしい。勇者は魔王を討伐《とうばつ》したい。この二点から導き出される答えとは。

「勇者の魔王討伐《とうばつ》を失敗させろってことだ！」

自信満々に宣言する花の横で、ポン太が大欠伸《あくび》をしていた。

手紙を読み解いたところで、次に考えるべきはどうやって魔王討伐《とうばつ》を失敗させるかだ。先回りして道を通れなくするとか、魔王城の周りを落とし穴でぐるっと囲むとかの手段が思い付く。そんなことを考える花の脳裏に、勇者が落とし穴にはまってメソメソしている図が浮かぶ。

――お、ちょっとヤル気出た。

あの勇者は上から目線でムカつく上、そのお供は攻撃までしてきた迷惑な連中だ。食堂での態度も悪かったし、ぎゃふんと言わせても、少しも心が痛まない。

勇者は死の平原を越える手段がどうたらとかいう話をしていた。きっと魔王のところへ行く手段を、まだ確保できていないのだ。ＲＰＧ《ロールプレイングゲーム》でだって、簡単に行けないのが魔王の城だ。ちまちまと罠を仕掛けておけば、メンタルを削られて諦めるかもしれない。その際に使った罠をちゃんと消しておかないと、他の人が迷惑するが。

「魔王の城への入り口を、高い山で塞《ふさ》いでしまうとか？」

神の便箋《びんせん》を使えばやれそうな気がする。最終手段として取っておこう。

――まずは、勇者の行動観察かな？

勇者の跡をこっそりつけて、どんな罠が有効かを見極めるのだ。そうとなれば早速出発だ。勇者一行は旅立ったばかり、自転車を飛ばせば追いつくかもしれない。

――早く世界を平和にして、お気楽異世界ライフを満喫《まんきつ》するんだから！

花はすぐに街へ行き、これまで入り浸《びた》った食堂や屋台の店主に旅立ちの挨拶《あいさつ》をする。

「えー、行っちゃうの？」

「ずっとここにいればいいのに」

「寂しくなるなぁ」

みんな口々にそう言ってくれた。花が滞在したのは、ほんの数日だというのに、お世辞だとしても嬉しいものだ。さらに嬉しいことに、旅の途中に食べるようにと、食堂で保存食と今日の昼ごはん用のお弁当を貰った。

――やった、しばらく食べるのに困らない！

出発前に街の入り口横に作った家を消す時、結構な見物人が詰めかけた。

「消えろ！」

花が家に触れてペンのボタンを押した瞬間、家が消える。周りは「おぉー！」と沸き、拍手が鳴った。

家を消したところで、いよいよ出立だ。

「それではみなさん、ありがとうございます！」

見送りには街の入り口のおじさんをはじめとした、リブレの街の住人たちが勢揃いだった。どこから聞いたのか、火事で助けた領主様の娘もいる。

「気を付けてね～」

「ポンちゃんバイバイ」

見物人から別れの挨拶《あいさつ》が述べられた。

花はポン太を自転車のカゴに乗せた。後ろの荷台には住人たちの餞別《せんべつ》の品がぎっしりと載っている。

「しゅっぱーつ！」

「キュー！」

自転車を漕《こ》ぎ出した花に、見送りの住人たちはいつまでも手を振ってくれた。

――異世界満喫《まんきつ》旅の後、リブレの街に住んでもいいかも！

異世界に来て初めて、温かい気持ちになった花である。

一方、住人たちは、奇妙な乗り物に乗って去っていく花の後ろ姿が小さくなってもまだ眺めていた。

「風のように現れて、風のように去っていったな」

「あのお姉さんの方が、ずっと勇者っぽい！」

門番のおじさんの呟きを聞いて、領主の娘が無邪気に言う。

「はは！　違いねぇ！」

食堂の主人が笑った。突然現れて危機を救い、突然去っていく様《さま》は、まるで勇者伝説のようだ。

あの聖王国認定勇者なんて霞《かす》んでしまう。

「リブレの街の勇者様、また来てくれるといいね！」

「そうだな！」

領主の娘の言葉に、住人たちが頷いていた。

こうしていつの間にか呼び名が増えたことを、花だけが知らずにいる。


しばらく自転車を走らせ、誰の視線もないところまで来てから、花は止まった。

「ここまで来ればいいよね」

なにをするのかというと、ペン倒しである。なんだかんだで今までこの方法で失敗したことがないので、これをやっておけばいいという安心感があった。

そんなペン倒しを人前でして、錬金術師のペンが特別なものだと知られるのはまずいと考えたのだ。

「どちらに行こうかな！」

――勇者、勇者、勇者！

花は勇者の姿を強く念じつつ、地面に立てたペンから手を離す。するとペンは、花がやって来たのと反対方向に倒れた。

「えっと、こっちだから……」

方向を確認した花は地図を見る。これは花が旅立ちの挨拶《あいさつ》をした際、街の人にこのあたりの地理を簡単に描いてもらったものだ。

地図によると、今いるあたりは小さな国が数多くある地域だそうだ。昔は小競《こぜ》り合《あ》いが多く国境線がちょくちょく変わっていたが、最近は休戦協定が結ばれ平和なものだという。

その隣に大きな領土を持つ聖王国がある。この聖王国は休戦協定を破って武力で小さな国の合併を繰り返し、大きくなった国だとか。

地球の歴史でもよく聞く話だが、人間は世界が違ってもやっていることは変わらないようだ。

ペンが指した方角はというと……

「ゲッ、聖王国方面なの⁉」

地図で確認した花は、避けて行こうと考えていただけに思わず悪態をつく。だがよく考えると勇者は呼び出されていたのだから、聖王国に行くのも必然だろう。

——仕方ない、行くか。

花は自転車の進む方向を、ペンの向いた先へと向けた。

自転車を漕《こ》いでいると、時折大きな影が上空を通り過ぎることがある。以前も見かけた竜だ。ポン太が竜に向かってキューキュー鳴くのが聞こえるのか、たまにこちらを覗き込むように首を傾ける竜がいるが、心臓に悪いのでやめてほしい。

——そういえば勇者が竜とかを使って、遠くへ飛んでいったらどうしよう？

自転車を漕《こ》ぐ間、そんな疑問が花の脳裏を過《よ》ぎった。しかし、その時はその時だと考え、今はペンが指す方向へ行こうと思って進む。

やがて、はるか前方に馬車が停まっているのを発見した。木陰《こかげ》で休憩中らしく、花は一応警戒して見つからないように自転車を止め、そこいらの茂《しげ》みに隠れて様子を見る。馬車周辺に人影があるので、目を凝《こ》らしてよくよく観察すると……

――あれ、勇者様御一行じゃんか！

馬車に乗り降りしていたのは、例の勇者四人組である。あの派手な衣装は見間違わないだろう。

馬車移動なら自転車で十分追いつく。馬の方が自転車よりも断然速いが、馬車を曳《ひ》く馬を全力で走らせるわけがない。そんなことをしたら馬車が揺れるわ壊れるわになる。なんにせよ見失う心配はなさそうだ。

花も丁度いいのでここでお昼にする。昼食にと貰ったお弁当を食べて、勇者たちが先を行くのを待ってから進むことにした。

やがて出発した勇者一行の後を、のんびりと距離を置いて追いかける。

その途中、花は改めて自衛について考えた。

――攻撃されたら、私って無力よね。

一応以前作ったナイフを所持しているが、使ったことは一度もない。草原にいる間は実に平和だったのだ。思えば花が現れた地点にポン太が落ちていたことは、花に攻撃力を持たせるための世界の優しさだったのかもしれない。

攻撃はポン太に頼るとしても、防御には不安があった。しかも、この世界には魔法がある。その魔法で攻撃されては、花には防ぎようがない。そこまで考えた花は、ふと思う。

――待てよ、本当に魔法を防げないの？

花にはこのペンがある。これでなにか魔法に対抗するものを作れる気がする。

例えばゲームでよく見るアイテムだ。魔法の威力アップとか毒無効とか、色々な効果付きの装飾品や衣服などがあった。あれらを作るかもしくは、持っている服に効果を付けられないだろうか？

思い付いたならば実験だ。その日、勇者たちがどこぞの村へ泊まるのを確認した後、花は自転車で離れた林まで戻って家を作った。

夕食にリブレの街で貰った干し肉で作ったスープとバランス栄養食を食べながら、花は考えた。

「まずはなんだろう、動物に噛《か》まれてうっかり毒とか麻痺《まひ》になるのは嫌よね」

一応神によって健康を保障されているが、万が一ということもある。毒消しとか麻痺《まひ》無効とか、浮かんだ案を全てメモ代わりの便箋《びんせん》の裏紙に書き出し、いっそこれらを状態異常で纏《まと》めればいいのではと考えた。そうして「状態異常無効」と書いて丸を付ける。

「魔法はどうしよう。魔法無効だと自分一人はいいけど、大きな魔法で周りも巻き込まれた時がヤバいかなぁ」

花はリブレの街の食堂で、魔法使いに炎の魔法を使われた事件を思い出す。あの時近くに誰もいなかったからよかったものの、他人が巻き込まれたら大変だった。だったら無効ではなくいっそ消去がいいと思い付き、魔法消去と書いて丸をつける。

「よし、では早速！」

花は勇者を追うにあたって、リブレの街でリサイクル品のローブを購入していた。目立ってしまう花のTシャツにジーパンの格好も、これを着れば周囲に紛《まぎ》れるかと思ったのだ。このローブの裏にペンで「状態異常無効」と「魔法消去」と書いた。

思えば既存品にペンを使ってなにかをするのは、今回が初めてである。

――これって、魔法を使ったことにならない？

ゲームでよく見る魔法付与というやつである。これができれば花は、正真正銘の錬金術師と言えるのではないだろうか？　ドキドキする気持ちを落ち着けて、花はペンを握り直す。ペンを使うにはイメージが大事。毒や魔法をババンと撥《は》ね返すイメージを懸命に思い描き、ペンのボタンを押す。

「カモン、状態異常無効・魔法消去！」

カーン、カーン、カーン！

ローブが光って鐘が鳴った。まさかの鐘三つだ。花の必死さが世界に伝わったのかもしれない。

――これは期待しちゃうよ⁉

花はローブを着込むと、床にゴロンと寝転んでいるポン太を見た。

「ポン太、ちょっとだけ雷出してよ。あ、軽いのだからね！」

「キュー？」

花の頼みに、ポン太が面倒臭そうに尻尾を振る。直後、ローブに向かってバリッと小さな稲妻が走るが、ローブが微《かす》かに光り、触れる直前で消えた。

「おお、成功⁉」

過信しないようにするとしても、安心感は得られた。

防御方法を得た翌日の朝、花は勇者たちがどうしたかを見ようと村へ行ってみた。簡素な柵《さく》しかない村に、誰もいない外れからこっそり入る。目立つ自転車はそこいらの茂《しげ》みに隠してきた。

コソコソと歩いていると、村の中央にある広場に、勇者一行を囲むように村人が集まっているのが見えた。その中で村長と思われる髭《ひげ》を生《は》やした老人が、勇者たちに深々と頭を下げている。

「大イノシシを退治していただき、ありがとうございます。こ奴が数日前どこからか移動してきて以来、村の外に出るのも危険になり、困っていたのです」

そう言う村長の隣に、茶色い小山ができていた。

――あ、あれってあの時襲《おそ》われたイノシシじゃんか。

ポン太に一撃で倒されたイノシシだ。大イノシシと言うからには、異世界目線でも大きいのだろう。それが四頭も積んである。一頭でも脅威《きょうい》だったのに、四頭もいたならちょっとした災害だ。

――困っている村のために大イノシシ退治とか、いいとこあるのかも？

村の安全に一役買う様子に勇者たちを見直しかけた花だったが、どうも村人たちは手放しで喜んでいない。建物に隠れつつ広場に近付いてみると、村人数人がひそひそ話をしているのが聞こえた。

「そもそも、あの大イノシシはこのあたりにいる獣じゃないだろう」

「どうして勇者が現れるのに合わせたように、大イノシシが集団で出るんだ？」

どうやらこのイノシシ騒ぎ、村人たちには疑惑が浮上している様子だ。

――自作自演とか？

村人たちのひそひそ声が聞こえているのかいないのか、勇者一行は得意気な顔をして大イノシシ退治の武勇譚《ぶゆうたん》を話している。その途中で魔法使いが時折適当に魔法を放ってみせては、魔法が当たりそうになった村人たちが逃げ惑《まど》う。そんな様《さま》を推定戦士と推定僧侶がクスクス笑って見ていた。

――なにアイツら、ムカつくんだけど！

ムカムカを抑えようと花がポン太の尻尾を弄《いじ》れば、ポン太が嫌そうにジタバタする。

「こんな子供騙《だま》しの術に怯《おび》えるなんて、弱いにもほどがあるわ」

「俺らが通らなかったら、全員大イノシシに喰われてたかもな」

「まあ、本当のことを言っては気の毒ですわ」

お供三人が好き勝手に言っている。

――村のためっていうか、威嚇《いかく》しているのか。

もしかして、こうやって脅《おど》す目的でわざわざ馬車を使い、各村に寄っているのだろうか。

「まったく、僕はこんなことをしている場合ではないというのに……」

最悪な雰囲気の中で、勇者だけは不満そうにしていた。

そんな迷惑集団の勇者一行が村を出立したのを確認してしばらく経ってから、花は何食わぬ顔で村を訪れる。人里に入るので、ポン太は再びTシャツタヌキだ。

「こんにちは！」

旅の錬金術師だと名乗った花は、大イノシシについて聞いてみた。

「あそこに積んである大イノシシ、この辺であまり見ない生き物なの？」

「ああ、あの大イノシシは死の平原を挟んで反対側にある地域に住む獣さ。このあたりに群れがいるなんて聞いたことがない」

もっと小さなイノシシならばいるが、あれだけ大きなサイズになると餌《えさ》もそれなりに必要になる。山や森林が多い地域でないと、食い扶持《ぶち》を確保できないのだそうだ。

――え、じゃあポン太が退治した大イノシシは、どっから来たの？

異世界だからあんなもんかと思っていたのに、あれはイレギュラーな遭遇《そうぐう》だったらしい。

その大イノシシ四頭だが、いつまでも広場に積んでもいられず、大人数人がかりで運んでいた。

「あれ、どうするの？」

「今、もったいないから食うか、危ないから捨てるかで揉《も》めている。聖王国の手先が毒を仕込んでいないとも限らないしな」

花が村人とそんな話をしている後ろで、ポン太がコソコソと大イノシシに近付いていた。

「あ、ポン太、齧《かじ》っちゃ駄目だからね！」

スンスンと臭いを嗅《か》ぎながら、ポン太が広場に残っている大イノシシに跳びかかろうとしたが……

「キュッ！」

バリバリッ！

いきなり大イノシシに雷を落としたと思ったら、後ろ足で土をかけている。どうやら怒っているらしい。

「……ひょっとして、食べられないの？」

「キュー!!」

ポン太の鳴き声が、「もったいない！」と叫んでいるように聞こえる。

このやり取りを見た村人たちは、大イノシシを土の中に埋《う》めることにした。食べられない大イノシシなんて、実に迷惑な置き土産《みやげ》である。


その後も勇者たちは、途中にある小さな村にいちいち立ち寄り、自作自演と思われる害獣退治劇を繰り広げ、難癖《なんくせ》をつけてから出発することを繰り返していた。

その跡をつけている花は安全かというと、そうでもない。

「うぎゃー！　なんでまだいるのよ⁉」

「ブモー！」

今も、火を噴いて暴れる大イノシシに遭遇《そうぐう》していた。

「キュキュ！」

暗殺者のような身のこなしのポン太に退治してもらったものの、いきなりの遭遇《そうぐう》は心臓に悪い。

どうやら勇者たちは討《う》ち漏《も》らしがあるというか、全て狩り尽くしたわけではないらしい。

――善意でやってるわけじゃないんだから、必ず安全な状況にしてやることもないのか。

それに大イノシシが攻撃的なのもわかる気がする。餌《えさ》の少ない地域に無理矢理連れてこられては、機嫌も悪くなろうというものだ。野生動物だってお腹が一杯なら、人を襲《おそ》わないだろう。前回の大イノシシも、花を見たとたんに襲《おそ》いかかってきた気がする。

――成仏《じょうぶつ》してもらうためにも、美味《おい》しく食べようじゃないの。

前回はポン太が食べ残した大イノシシを放置した花だったが、今回は毒も仕込まれていない様子だったので勇者が去った村までちょっと戻って、大イノシシを村人に運んでもらう。そこで感謝されて一泊することとなり、ごちそうになった大イノシシの肉は美味《おい》しかった。

これを食べられなくした勇者一行許すまじ。花は大イノシシ肉にかぶりつきながら、やる気を燃やしていた。

＊＊＊

花が村で大イノシシパーティーをしている頃、勇者たちは野営をしていた。

本当はベッドのある宿に泊まりたかったが、指定された期日までに目的地に入るには時間が危ういせいで、野宿を余儀《よぎ》なくされていたのだ。

それもこれも、突如聖王国の大地に現れた亀裂《きれつ》のせいだ。死の平原の魔素が亀裂《きれつ》に流れてくるため、飛竜すら近くを通りたがらない。だから遠回りをして馬車で国まで戻ってこいと言われたのだ。国のエリートである自分たちが、一般人が使う馬車で。それはとてつもない屈辱《くつじょく》だった。

それに野営中だってただ休んでいるわけではなく、大イノシシの集団に仕掛けを施《ほどこ》さねばならない。この間《かん》大イノシシが大人しいのは、神子《みこ》が精神支配の術を使い、言うことを聞かせているからだ。

「……アタシが、どうしてこんなことしなきゃいけないのよ」

魔術師の女がぶつくさ文句を言う。だが文句を言っても仕方がない。聖王国に敵対している国の国境地域に大イノシシを逃がし、不安を撒《ま》き散らすのが今回の仕事だ。

大イノシシをある程度暴れさせた後、親切顔で退治して謝礼を貰う。退治した大イノシシには毒が仕込んであるので、置いていったものを村人たちが食べたら死ぬ。どう転んでも害があるという仕掛けだった。

勇者たちはこんなことを繰り返しながら、聖王国を目指していた。勇者一行なんて華々《はなばな》しい呼ばれ方をしているが、実態は聖王国の工作員である。勇者は華のある容姿の男が神殿によって選ばれるのが常だが、そのお供は神殿でも腕利きがつくことになっていた。いわば国のエリートだ。今回のお供には戦士・神子《みこ》・魔術師が選ばれていた。

図《はか》らずも、戦士・僧侶・魔法使いという花の認識は、結構近かったりする。

先程から文句を言っている魔術師の女は、こんな地味な作業は嫌いだ。どちらかというと、派手な破壊工作の方がスカッとして好きなのである。

嫌々と作業をしている魔術師の隣で、勇者が黙々と剣を磨いている。

「ちょっと、アンタも少しはやりなさいよ！」

魔術師の文句に、勇者はチラリと視線だけを向けた。

「ふん、僕の力はこんなチンケなことに使うものではない」

そう告げると、また剣を磨き出す。その様子を見ていた戦士が、不満そうに顔を歪《ゆが》める。

「……世間知らずのお坊ちゃんが」

そうして、四人に不穏《ふおん》な空気が流れ出した時。

「間抜けな奴らだ」

突然聞こえてきた声に、四人は驚いて周囲を見回した。

するとなにもない空間が歪《ゆが》み、覆面《ふくめん》の男——アルが現れた。

「誰が間抜けですって、犬のくせに言葉に気を付けなさい！」

魔術師がヒステリックに叫ぶ。

「ずっと跡をつけられているというのに、それに気付かずにケンカをしている奴らを間抜けと言ってなにが悪い」

「……あなたは闇魔術を扱うのだから、気付けないのは当然でしょう？」

神子《みこ》が不快そうに眉をひそめる。

この言葉を、アルは鼻で笑った。

「錬金術師がずっとついて来ているというのは、気付けなくて当然なことか？」

「錬金術師だと⁉」

この言葉に勇者は激しい反応を見せ、魔術師が不満そうに顔をしかめる。

「だったら、気付いたアンタはそいつを始末したんでしょうね⁉」

「いや？　まだだ」

噛《か》みつくように問いかける魔術師に、アルは軽く答える。

「なによそれ⁉」

すると、魔術師が怒りで顔を真っ赤にした。

「ハン！　どうせ手におえないから、オレたちの助けを借りにきたんだろうぜ！」

見下した目つきで自分を見る戦士に、アルは肩を竦《すく》める。

「始末していいならしてやるが？　勝手をして後で責められる趣味はないからな」

「偉そうに言って、犬のくせに！」

魔術師が激昂《げっこう》する横で、神子《みこ》がスッと指で印を切った。

「……っ」

アルが息苦しさに眉をひそめる。

アルたち教会に使われている密偵《みってい》には、行動を縛る魔術が教会によって施《ほどこ》されているのだ。教会の神官や神子《みこ》には、その魔術に干渉する術が教えられていた。不都合になればいつでも始末できるように。

神子《みこ》は口元を歪《ゆが》めてアルを睨《にら》みつけた。

「犬、身の程を知りなさい」

そう言った神子《みこ》が印を解除すると、アルは大きく呼吸する。普通の密偵《みってい》はこの魔術を恐れて従順になるのだが、アルは平気で口答えをする変わり者で知られていた。

魔術師も戦士も溜飲《りゅういん》が下がったような顔をする中、静かにアルを見ていた勇者が口を開く。

「やるなら生け捕りだ。あの錬金術師には用がある」

「どうせ上から捕獲命令は出ている。言われるまでもない」

そう言い放ったアルは、再び空間の歪《ゆが》みの中に消えた。

＊＊＊

花は今日も、ギリギリ見つからない距離で勇者一行についていく。

「目新しさがないわねー」

花は同じことを繰り返す勇者一行に、毎度腹を立ててはいるものの、だんだんと飽《あ》きてきた。

――あいつらもよくやるわ。

自分たちがやっていることが馬鹿らしくならないのだろうか？　そんな疑問を抱きながら、花は勇者一行のストーカーを続けている。

その途中、どうせ先の村で追いつくのだからと、食べられそうな草を探したり、キノコを採ったりした。主にポン太が。

――でも、この辺のキノコって味がイマイチだな。

極限生活を経《へ》て、素材の味に目覚めた花だった。

そんな風に進んでいたある日、途中見つけた野原でのんびりと寝転んで昼寝をしていた時――

「キュー!!」

蝶々《ちょうちょう》を追いかけて遊んでいたポン太が突如、鋭い鳴き声を上げた。

「うぇっ!?　なに!?」

ウトウトしていた花は、慌てて飛び起きる。

「なによポン太、またイノシシ!?」

いつでも逃げられるように、花はとりあえずリュックを背負う。

「キュキュ！」

ポン太がなにもない空間を睨《にら》んで、警戒の鳴き声を上げている。

――あそこが、なに？

花もポン太につられてそこを睨《にら》んでいると、空間がおかしな風に歪《ゆが》んだ。

「……!?」

かと思ったら、次の瞬間そこに覆面《ふくめん》姿の男が現れた。そう、リブレの街で会ったあの男だ。

「あんた、なんでここにいるのよ!?」

驚いた花は、ポン太を盾にしながら問いかける。

覆面《ふくめん》男は花の前に立ち、静かに言った。

「勇者に関わるなと言ったはずだ」

確かにそんなことを言い逃げされた。あの時は関わるつもりなんてこれっぽっちもなかったのだが、事情は変わるものだ。それでも、「そうですね」と素直に認めることもない。

「私はただ好きに旅をしているだけなんだけど！　たまたま行き先に勇者がいるだけだし！」

一応主張してみるが、相手は明らかに信じていなかった。

――そりゃそうか。

さあ次はどう言い訳するかと、花が考えていると……

「一つ聞くが、死の平原に謎の絵を残したのは、お前の仕業《しわざ》か？」

覆面《ふくめん》男がこんなことを尋ねてきた。死の平原という名は、以前勇者が口にしていた気がする。

——残っている謎の絵ってのには、心当たりがあるんだけど!?

花が今まで描いた絵で、残してきたのはアレだけ。草原に描いたログハウスの間取り図だ。

——あの不気味なほど静かな草原、死の平原とかいう物騒な名前がついていたの!?

初めてわかった事実に、花は驚くばかりだ。

そんな花の反応を覆面《ふくめん》男はどう受け取ったのか、いつの間にかナイフを握っていた。

「警告はしたぞ、邪魔者は排除あるのみ」

静かに告げた覆面《ふくめん》男から、黒い影が縄のように伸びてくる。

——キモッ！　これも魔法!?

しかし、影は花に触れることなく、光を放つローブの手前で消え去る。どうやら魔法消去の効果は十分らしい。

——付けててよかった魔法消去！

花は自分の思い付きに拍手喝采《はくしゅかっさい》したかった。

「……面倒な」

攻撃を防がれた覆面《ふくめん》男が、直接花に向かってくる。

「キュー！」

これに噛《か》みつくように飛びかかったのが、ポン太だった。今こそ恨みを晴らさんとばかりに、全身に雷を纏《まと》って覆面《ふくめん》男に突撃する。

――なんだかポン太が超ヤル気！

「イケイケ、ポン太！」

花が拍手しながら応援すると、邪魔臭そうに睨《にら》まれた。飼い主の愛がわからないタヌキだ。

ポン太は大イノシシを一撃で倒した時と同様に雷撃を纏《まと》わせた爪を伸ばし、覆面《ふくめん》男に襲《おそ》いかかる。

「そのコンは契約獣なのか。もしや、あの時の……」

覆面《ふくめん》男の呟きは聞こえなかったが、花はポン太の必殺の爪が紙一重で躱《かわ》されるのを見た。

「ウゥー！」

ポン太が悔しそうに唸《うな》り、跳ねるように距離をとる。ナイフで爪を受けていれば雷撃のダメージが入ったのだが、相手が上手《うわて》だった。

「キュキュー！」

再びポン太が攻撃を繰り出し、激しい攻防が繰り広げられた。覆面《ふくめん》男が花に手を出す隙がない。

「邪魔だ」

この状況に焦《じ》れたのか、覆面《ふくめん》男は鬱陶《うっとう》しそうに言った後、ポン太の前から消えた。

「……!?」

かと思えば、突然花の目の前に覆面《ふくめん》男が現れる。

――なにこれ、ズルイ！

慌てて逃げようとするもののもたつく花の首元に、覆面男《ふくめん》のナイフが伸びようとした時。

パアァッ!!

花のローブが一段と眩《まばゆ》く輝いた。

——なんでこんなに光っているの!?

花は、眩《まばゆ》さに思わず目を瞑《つぶ》る。

「……っつ!!」

一方、男は身体を震わせ、花から大きく飛びのいた。

「……なんだ、今の感覚は？」

呆然と呟いているが、なんだとは花の方が聞きたい。一体なんの魔法を消してしまったんだ、自分のローブは。

「キュー！」

動きが止まった覆面男《ふくめん》に、ポン太が再び襲《おそ》いかかる。

しかし。

「……」

無言の覆面男《ふくめん》は何故か姿を消してしまった。その後現れる様子もない。

——え、終わり？　急に？

花はポカンと間抜け面《づら》で、覆面男《ふくめん》が消えた空間を見た。突然襲《おそ》われて突然去られて、一体なんだったんだと言いたくなる。

「キュー‼」

ポン太は敵を逃した怒りのあまり、もっさり尻尾で地面をビッタンビッタンと打っていた。

「なんで私、置いてけぼりにされた気分なの？」

状況についていけない花は、呆然と立っているしかなかった。


あれは一体なんだったのか未だに釈然《しゃくぜん》としないが、覆面《ふくめん》男襲撃事件の後、何事もなく旅は続いた。

時折はぐれ大イノシシに遭遇《そうぐう》するくらいで道中平和である。しかも、大イノシシを退治して人里に提供すると物々交換で食料が貰えるので、ありがたいことだ。

やがて旅路に変化が見られるようになった。すれ違う人の数が増えてきたのだ。

――大きな街が近いのかも？

そんな期待をしつつ進むこと三日。小高い丘になっている場所から見下ろすと、遠くに大きな街が見えた。

「あれがガラントの街かな？」

リブレの街よりも大きく、城塞《じょうさい》めいた造りをしている。リブレの街で描いてもらった地図によれば、そこは聖王国の街だという。

――さて、どうしよう？

勇者を追ってここまで来たのはいいが、聖王国は敵地というか、怪しい国だ。無警戒で向かうのは危なそうだということくらい、花だってさすがにわかる。

――自転車で街に入ると目立つよね？

リブレの街でもそうだったが、立ち寄った村々で自転車は注目を集めた。ちょっと聞き込んだ話によると、この世界の移動手段は竜や馬が占《し》めており、自転車や車などの開発はされていないようなのだ。

――竜とかで移動できるなら、車はいらないもんね。

思えば日本だって、馬で移動していた歴史が長い。それだけ馬は優秀だということなのだろう。加えて異世界には、馬よりも移動に適した生き物がいるのだ。そりゃあ「車を作ろう！」とか誰も言い出さなくたっておかしくない。

そんな珍しい自転車をどうするか。

――どっかに置いてから行くか。

これまで村に入る際にとったやり方は、そこいらの茂《しげ》みに隠すというものだ。だが今回は小さな村みたいに、ちょっと寄ってすぐに出るということはできないだろう。なので街から離れた林の中に家を作り、そこに自転車や食料などの荷物を置くことにした。どうせ花以外に入れない家だし、防犯性能を信じよう。

ちなみにポン太はメイン戦力なので、自転車と一緒に家で留守番という選択肢はナシである。

そうして花はポン太を連れて、ガラントの街へ歩いて行くことにした。

日暮れ前にガラントの街にたどり着いたところ、リブレの街と同じく入り口に見張りの人間が立っている。だがあっちのおじさんと違い、こっちの見張りはがっちりとした鎧《よろい》を着ており重装備だ。しかも人が通るたびに鎧《よろい》や剣を鳴らして怯《おび》えさせている。威嚇《いかく》されているようで気分はよくない。

門前には行列ができている。どうやら出入りの際に調査があるらしく、それで並んでいるのだ。

——調査かぁ。

花は身分を証明できるものを持っていない。今まで求められなかったので用意していないのだ。

日本なら免許証や保険証を見せれば信用されるのだが、異世界ではどうすればいいのだろうか？

時代劇を参考に考えると、袖の下、つまり賄賂《わいろ》が思い浮かぶ。

——まあ、お金で済めばいいけどさ。

それで済まなかった場合、追い返されるだけならば御《おん》の字だが、捕まりでもしたら嫌だ。そんなことを考えながら行列の先を見ていると、あることに気付いた。集団で通る人々は、代表者のみ調査を受けて、残りの人々は詳しく調べられていない場合があるのだ。そういったパターンで通るのは、どうやら商隊のようだ。

——あれだ！

花はどこかの集団の後ろにしれっとつく。最後尾の者たちは当然花のことに気付いたが、ニコッと笑ってそれぞれに少額のお金を掴ませると、彼らは頷いて花を挟むみたいにして歩いてくれた。

袖の下は異世界でも有効らしい。

このやり方で静かに静かに入り口を通り抜け、花は無事にガラントの街へ入ることができた。挟んで歩いてくれた彼らに礼として頭を下げ、その場を後にする。

そのまま大通りまで進んで人が多い場所で立ち止まり、近くにあるベンチへ座った。

「あー、緊張して喉が渇いた」

花はリュックからミネラルウォーターを出して飲む。すると背中に軽い衝撃があった。

「なによ！」

花が小声で言いつつ後ろを見ると、ローブの首元からポン太の鼻先が出ている。どうしてこんなところから顔を出しているのかというと、タヌキを連れた女は目立つだろうから、ポン太はローブの下に隠していたのだ。

ポン太も水を飲みたいらしく、もっさり尻尾で背中をバシバシ叩くので、仕方なく手にミネラルウォーターを溜めて、ローブの隙間から飲ませた。

ペットボトルが目立つといけないので、飲んだ後はすぐにリュックにしまう。

その後しばらく、通りを行く人たちを観察していた花だったが。

――なぁんか、暗いなぁ……

リブレの街よりも大きいのに、リブレの街よりも活気がない。そして兵士と、青いズルズルした服の人をやたら見かける。

休憩を終えた花は大通りを歩いて屋台を覗くものの、あまり客の入りがよさそうには見えない。

だが小腹が空《す》いたので串焼きを買ってみて、一口頬張る。

――まっず！

生臭さを濃い味のタレで誤魔化しているような味だった。水が美味《おい》しくないという話だったので、そのせいかもしれない。なのに、値段はリブレの街の串焼きの三倍する。なるほどこれは詐欺《さぎ》だ。

買い食いを楽しむ気持ちが一気に失せた花は、さっさと屋台が並ぶエリアを抜ける。すると、街で一番立派であろう建物が見えてきた。

――うわぁ、派手！

日本のテレビの特集番組で見たベルサイユ宮殿を連想させる、これでもかというくらい豪華な建物だ。一体どんな用途の建物なのかと思って観察していると、そこから青い服の集団が大勢出てくる。そういえば勇者一行の推定僧侶が青い服を着ていた。だとしたらあの青い服は僧侶の証《あかし》で、集団が出てきた建物は、教会とか寺院だったりするのだろうか？

――いや、ないでしょこんな派手派手な建物。

とても修行とかに集中できそうな環境ではない。

そんな風に呑気《のんき》に観察していた花は、何故か青い服の集団に素早くぐるりと囲まれる。

「へっ⁉」

驚きのあまり間抜けな声を上げる花のローブの中から、ポン太が落ちた。

「ウゥー……」

ポン太は四つ足を踏ん張って毛を逆立てると、周囲を威嚇《いかく》するように低く唸《うな》る。

――何事⁉

異常事態に花がワタワタしていると――

「ふん、ここはアタシらのテリトリーだっていうのに、間抜け面《づら》でのこのこ来ちゃって！」

どこかで聞いたことのある声がした。よくよく見てみれば、青い服の集団の後方に、推定戦士と推定僧侶、魔法使いの三人が並んでいる。先程のセリフは魔法使いのものだろう。

――あれ、勇者は？

勇者不在の勇者一行なんて、なんだか締まらない。

続いて推定戦士が青い服の集団に言った。

「アイツは、他国から我が国を探りに来た間者《かんじゃ》だ！」

――間者《かんじゃ》って、スパイってこと!?

勇者を追っているだけなのに、ひどい誤解をされている。

「やってください」

推定僧侶が冷静な声で青い服の集団に告げると、集団は一斉に小声でなにやら唱え出した。はっきり言って不気味である。

「ちょっと待ってよ、スパイ疑惑とか冗談じゃないわ！」

花が無実を訴える間もローブが何度か光り、魔法で攻撃されていることがわかる。ローブはしっかりと仕事をしているようだ。

「精神魔術が、効かない？」

推定僧侶が不快そうになにか言っているが、花はどうにか逃げようとするのに忙しくてそれどころではない。

「ええい、チマチマと面倒臭ぇ！」

推定戦士が怒鳴り、後ろに控えていた集団と一緒に襲《おそ》いかかってくる。

花は思わず悲鳴を上げる。

「うひぃ、きたー！」

「キュー！」

直後、ポン太が飛び出した。雷を纏《まと》って応戦する姿は勇《いさ》ましい。前回の覆面男《ふくめん》との闘いが消化不良気味に終わったので、ここで不満を発散するつもりかもしれない。

一気に混戦模様《もよう》となったが、敵集団は動きの素早いポン太を傷つけることができずにいる。

「ああもう！　どいつもこいつも無能ばっかり！　どきなさいよ！」

この状態に、魔法使いがキレたように喚《わめ》いた。

「我求めるは紅蓮《ぐれん》の炎、全ての敵を燃やせ！」

杖を振り回して呪文っぽい文言《もんごん》を口にしているが、これは明らかにヤバいものではなかろうか。

「ポン太、こっち！」

花が呼ぶとポン太が駆けてきて、ローブにヒシッとしがみつく。やがて杖から生み出された炎は、派手な建物を巻き込んだ大火災となった。

「うわぁ！」

「ひぃぃ！」

炎はローブに守られた花の周囲を避けるように消えて、魔法使いの近くにいた青い服の集団を呑み込んでいく。花はローブにペンを使う時、大きな火の玉を消す程度のイメージを持っていたが、さすがにこんな街を巻き込むくらい広範囲の魔法は想定していなかった。ゆえに半端《はんぱ》に魔法を消しているのだろう。

——すっごい迷惑だな、魔法使い！

味方だけに被害を出したことに、魔法使いは顔を真っ赤にして怒る。

「なんなのよ、アンタ！　どうしてなんともないのよ⁉」

「こっちだって、痛い思いをしたくないからね！」

魔法使いのおかげで包囲網に隙ができたと思った、その時。

「……⁉」

目の前の空間が、突然歪《ゆが》んだ。

——まさか⁉

覚えのある現象にその場から遠のこうとするも遅い。あの覆面《ふくめん》男が再び花の前に現れたのだ。

——うわぁ、面倒なのが増えた！

花は頭を掻《か》き毟《むし》りたくなった。

一方で、覆面《ふくめん》男は火に呑まれて倒れている青い服の集団を見て、眉をひそめる。

「……なんだ、この状況は」

戸惑う覆面《ふくめん》男に、魔法使いが杖を振り回しながら叫んだ。

「アンタ、いいとこに来るじゃないの！　その女をギッタギタにしてよ！」

これを聞いて、覆面《ふくめん》男が静かに周囲を見回した。

「……なるほど」

「キュー！」

呟いた覆面男《ふくめん》に襲《おそ》いかかるポン太だが、うまく躱《かわ》され、倒れている青い服を踏み台にして方向転換をする。

花はポン太に敵の意識が向いているうちに、こっそりと逃げようとした。

「待て」

だが、それに気付いた覆面男《ふくめん》が、腕を掴んでくる。

「うぎゃ！　離しなさいよ！」

掴まれた腕をブンブン振って解《ほど》こうとするも、うまくいかない。

――ヤバい！

この至近距離では攻撃を避けられないだろう。花がさすがに恐怖で震えていると、覆面男《ふくめん》がなにもない空間に手をかざす。すると突如、目の前に再び空間の歪《ゆが》みが現れた。

――うん？　なんだ？

攻撃を受けると思っていた花は、予想外の展開に戸惑う。

「行くぞ」

「どこによ、って、うわぁ！」

訳がわからずに喚《わめ》く花を強引に捕まえた覆面男《ふくめん》は、花を揺らめく空間の中に引きずり込む。

「キュー！」

ポン太も「置いて行くな！」とばかりに、歪《ゆが》みに慌てて飛び込んだ。

その後、空間の歪《ゆが》みは消え、残ったのは大火災と倒れた青い服の集団、それに勇者を欠いた勇者一行。

「どういうことよ⁉」

魔法使いの怒りの声だけが、その場に響いた。


気が付くと、花は自宅であるログハウスの前に立っていた。

「えっと、どゆこと？」

自分の身になにが起きたのか、さっぱり理解できない。

「移動したまでだ。あそこにいたかったか？」

花の腕を掴んだままの覆面《ふくめん》男が言った。

「キュキュ！」

ややあって、なにもないところからポン太が出てくる。

「ポン太！　置いてくるところだった」

ポン太のことをうっかり忘れていた。

「キュキュキュキュ－キュ！」

ポン太に「忘れるな馬鹿もんが！」と言われている気がする。もしや花は、タヌキ語を習得しつつあるのだろうか。怒っているらしく、ポン太が花の靴を齧《かじ》る。明日の朝には新品になっているとはいえ、齧《かじ》るのはやめてほしい。

「契約獣に不向きなコンが、えらく懐《なつ》いているな」

覆面男《ふくめん》が花から手を離し、ポン太を見てそんなことを言う。

――契約獣？　ってなんぞな？

以前にもこの言葉を聞いた気がするが、深く考えずに流した覚えがある。その後黙ってしまった覆面男《ふくめん》と靴を齧《かじ》るポン太に、花はこの場をどうすればいいのか困り果てた。

「えー……、襲《おそ》ってこないなら、ウチ来る？」

ということで、花は家の中で話を聞くことにした。単に自分が空腹でなにか食べたかったのだ。

「どーぞ」

ログハウスの中に入ると、覆面男《ふくめん》は興味深そうにキョロキョロする。その仕草は、これまでの落ち着いた大人な雰囲気とは違って見えた。覆面《ふくめん》のせいで年齢不詳だが、案外若いのかもしれない。

一応客扱いということで、覆面男《ふくめん》にはコップに注いだ水を出す。ポン太にはこれ以上靴を齧《かじ》られないように、干し肉とキノコを並べてやった。やけ食いみたいに貪《むさぼ》り食うポン太を横目に、花はバランス栄養食をミネラルウォーターで食べる。覆面男《ふくめん》の前でペンを使いたくないため、持っているもので済ませているのだ。

「……この水、上等ものだな」

口元の布をずらしてコップに口を付けた覆面男《ふくめん》が、ポツリと呟いた。水に上等とか下等とかがあるのかと花は思ったが、そういえばリブレの街で、都会の水は不味《まず》いという話を聞いた。

――お金がなくなったら、都会で水売りでもするか？

そんなことを考えながらバランス栄養食を食べきったところで、花は覆面男《ふくめん》に尋ねる。

「あんたさぁ、なにがしたいの？」

襲《おそ》ってきたり助けたりと、覆面男《ふくめん》の行動には一貫性がない。

花の質問に覆面男《ふくめん》はしばし無言であったが、やがて小声で答えた。

「奴らと縁が切れた。それだけだ」

——意味不明なんだけど。

花にとっては、答えになっていない答えである。頭の中にたくさんの疑問符を浮かべる花に、覆《ふく》面《めん》男が逆に尋ねてきた。

「俺も聞きたい、お前は俺になにをした？」

「なにをって？」

問い詰められるようなことをした覚えは、これっぽっちもない。

「俺にかけられていた、服従の魔術が全て消えている」

なんだか物騒な単語を聞いた。

——服従の魔術ってナニ？

花がいかにも「わけわからん」という顔をしていたのだろう、覆面男《ふくめん》が説明してくれた。それによれば、彼は聖王国の教会から、命令に従わせるための魔術をかけられていたのだそうだ。

「あー……、なるほど」

花には思い当たることがある。

――きっとあの時だな。

覆面男《ふくめん》に襲《おそ》われた時、ローブがやたら眩《まぶ》しく光った。恐らくローブに施《ほどこ》していた「魔法消去」が、男にかけられていた服従の魔術とやらを消してしまったのだ。

「ハハハ……」

思わず乾いた笑いを上げる花を、覆面男《ふくめん》がジトリと見つめる。

「やはり、お前の仕業《しわざ》だったのか」

覆面男《ふくめん》の疑いが、確信に変わったらしい。

「私がローブにかけていた魔法？　魔術？　が、アンタのその服従のなんちゃらを消しちゃったんだね。てへっ♪」

花はちょっとしたお茶目感を演出してみたが、覆面男《ふくめん》は呆然とした顔だ。

「……やることがデタラメだな」

「いいじゃんか！　もう他人の命令聞かなくていいなんて、いいことじゃん！」

覆面男《ふくめん》の声に責める響きがあったので、花は開き直って言ってやった。すると、何故か覆面男《ふくめん》が驚いたように目を見開く。

「……命令を、聞かなくていい」

呟いた声は、花には聞こえなかった。

それからしばらく沈黙が続き、ポン太が餌《えさ》にがっつく音だけが響いた。ポン太が満足してごろんと床に転がった頃、ようやく覆面男《ふくめん》が口を開く。

「これは単なる興味だが、なんでお前は勇者を追いかけていたんだ？」

花はこの質問にどう答えたものかと一瞬考えたが、誤魔化すのも面倒な気がして正直に言う。

「そりゃ、魔王のため？」

「……は？」

花の言っていることが謎だったのか、覆面男《ふくめん》が眉をひそめる。

「私は、魔王を助けなきゃいけないのよ！」

花は本当のことを口にした。というか、花もこれしか情報を持っていない。

花の答えに、覆面男《ふくめん》は深い息を吐いた。

「詳しくは聞かんが、恐らく魔王を助けることと勇者は関係ないと思うぞ」

「……は？」

——関係ない、ってナニ？

再び「意味がわからん」という顔をしていた花に、覆面男《ふくめん》が語った。

「お前の言う魔王とは、恐らく最近噂《うわさ》の魔王のことだろう。世界に導かれた魔王だそうだが、それは別の話なので置いておく」

「はぁ……」

生返事をする花に、覆面男《ふくめん》は説明を続ける。

「聖王国の勇者は、国の教会が認定しているというだけだ。昔は世界に導かれた勇者がいたらしいが、あくまで昔の話に過ぎない」

覆面男《ふくめん》の話を整理すると、魔王は世界が認めた魔王で、聖王国の勇者はなんちゃって勇者ということだ。花がまず思ったことは、魔王という存在は花のペンの力に似ているなということだった。花のペンの力だって、世界に認められないと発揮《はっき》できない。

それはともかくとして、今は勇者の件だ。

「じゃあ聖王国の勇者って、なにをする人？」

花の心からの疑問に、覆面男《ふくめん》は事も無げに答えた。

「聖王国の勇者とは、周辺国に強大な力を見せつけて、脅《おど》す役割を負う者だ」

話を纏《まと》めるとこうだ。このあたりの地域は、千年ほど前は大陸一の領土を持つ大帝国だったのだとか。それが今では小国に分かれ、小競《こぜ》り合《あ》いをしながらも大禍《たいか》なく暮らしていた。

聖王国もその一つだったが、いつからか「歴史書を兼ねている聖典に記されている、聖王国の初代国王こそ、千年前の大帝国の主である」と主張しはじめた。

この主張自体はどの国でも似たようなことを言っているのだが、聖王国はそれに加えて「帝国を滅ぼしたのは魔王である」という説を唱えはじめたそうだ。そして魔王を滅ぼし、かつての領土を取り戻すと宣言した直後、勇者の選定をやり出した。その勇者を使い、現在はあちらこちらに魔王退治を名目とした軍事的介入を繰り返しているのだとか。

――なんか、地球でも似たような話を聞いたよね。

こんな歪《ゆが》んだ思想で選ばれた勇者一行の得意技は、街のど真ん中で派手に魔法やらなんやらをぶっ放してあたりを破壊し尽くし、「魔族との闘いによる被害です」と言い張ること。

「……勇者のくせに、なんという迷惑な」

呆気にとられる花だったが、話はまだ続く。

「今の勇者は信じやすい性質なのか、真面目に魔王退治に向かおうとしているようだが、聖王国はそんなことをしてほしいわけじゃない。魔族領へ突撃なんていう余計な行動をさせないために、お付きの三人がいるんだ」

あのお供の推定戦士・推定僧侶・魔法使いは、それぞれ戦士・神子《みこ》・魔術師らしい。ちょっと惜しい。そして魔法ではなく魔術だと訂正された。魔法は現在は失われている技術であり、魔法をかなり低いレベルで再現したのが魔術だそうだ。

——都市伝説で聞くような、超古代文明的なやつなのかな？

花は魔法というものを、そんな風に認識した。

「じゃあ、私はなんで襲《おそ》われたの？」

「目障《めざわ》りだったということもあるが、お前が勇者に協力すると、魔王退治が現実的になるためだ」

覆面《ふくめん》男が肩を竦《すく》めた。聖王国は勇者ごっこに留めてほしいのに、花の存在があるとごっこ遊びが現実になる恐れがあったと、そういうことらしい。

——アホか！

そんな理由で危険な目に遭《あ》ったなんて、アホらしすぎて涙が出るし、関係ない遠回りをしていたことにも腹が立つ。第一勇者が無関係なら、便箋《びんせん》にそう書いておいてほしい。

「もう勇者なんて知らない！　直接魔王に話を聞く！」

「それが賢明だな」

花の叫びに、覆面《ふくめん》男が頷く。というか最初から、魔王に聞くという手段を考えつかなかった花も間抜けだ。

こうして、今後の方針が決まったのだが……

――この覆面《ふくめん》男はいつ帰るの？

これで話も終わりだろうに、客がいつまでもいると寛《くつろ》げない。花が「お帰りはこちら」とばかりに玄関を開けると、覆面《ふくめん》男が確認してくる。

「明日には魔族領へ出立か？」

「なんであんたが気にするのよ」

ズバッと指摘する花に、覆面《ふくめん》男が言葉を失う。

「もう用がないのなら、サヨウナラ」

追い立てるみたいに背中を押す花に、覆面《ふくめん》男が小声で言った。

「用心棒はいらないか？」

用心棒とはすなわち護衛、もしくは戦闘員だ。ハッキリ言って、今のところポン太で間に合っている。

「いや、いらな……」

断ろうとした花だったが、覆面《ふくめん》男の縋《すが》るような視線に思わず黙ってしまう。

――なんか、捨てられたペットみたいな目で見てるんだけど！

「女の一人旅は物騒だぞ」

「キュキュー！」

続けて主張するアルに、ポン太が「一人旅じゃない！」と自分の存在をアピールしている。しかし覆面《ふくめん》男も引き下がらない。

――なんで私についてこようとするの？

ここで少し考えてみよう。

覆面《ふくめん》男は今まで服従の魔術とやらに縛られていたわけだ。ずっと誰かに命令される人生だったのだろう。それが消えたということは、命令する人間がいなくなったということである。

ひょっとして覆面《ふくめん》男は、命令してくれる人を探しているのかもしれない。

――誰かに行動を決めてもらわないと、不安ってやつ⁉

自分で物事を決定できない人というのは、日本でも社会問題になっていた記憶がある。同じ問題が、異世界でも発生していようとは。頭を抱える花に、覆面《ふくめん》男が告げた。

「だいたい勇者の事情もロクに知らなかったようだが、魔族領への行き方を知っているのか？」

「……知らないね」

花は素直に答える。ペン倒しで進めばなんとかなると思っていたので、行程なんて気にしていなかった。困りはしないのだが、ガイドがいれば観光情報が手に入る。

――現地ガイドをゲット！　と考えるとアリか？

人間のガイド兼護衛ができると思えば、それほど悪い話でもない。自転車漕《こ》ぎ要員が増えることで、花が楽をできるという利点もある。前向きに検討してもいい気になってきた。

——飼育されてたのをうっかり助けたんだったら、野生に返すまで責任を持つべきかも？

ペットも一度拾ったら責任が生じるのだし、人間だって同じだろう。

「よし、一緒に行こうじゃないの」

「本当か⁉」

「キュー⁉」

花の肯定《こうてい》の言葉に喜ぶ覆面男《ふくめん》と、嫌そうに鳴くポン太。

「ポン太、あんたに後輩ができたと思いなさいよ」

「キュー……」

花の取りなしに、ポン太はやっぱり不満気だ。だがそのうち慣れてくれれば、覆面男《ふくめん》を顎《あご》で使うようになる気がする。

——旅の仲間が増えたとか、RPG《ロールプレイングゲーム》みたい！

勇者の跡をつける旅では暗い気持ちになることが多かったが、ここで新たな仲間を加えて、新たな気持ちで旅立つのもいいだろう。

「よっしゃ、このメンバーで行くわよ、魔王のもとへ！」

元気に拳を突き上げる花を、覆面男《ふくめん》は無言で、ポン太は不満そうに見ていた。

——誰か付き合ってくれてもいいじゃんよ！

ちなみにお供その二を手に入れたところで、お約束のスマホでの記念撮影もちゃんとやったのだった。

第四章　花と愉快な仲間たち

服従の魔術――それはアルが物心ついた頃にかけられ、身体に馴染《なじ》んでいたものだった。教会、いや、教皇が気に入らなければ簡単に首を絞め、痛めつけるための術。誰も苦しむアルを助けてはくれなかった。

何故己にそんな魔術がかかっているのか、本当の理由を知ったのは十歳を過ぎた時。理由を聞いたアルは憤《いきどお》ったりはしなかった。自らの身の上についても、救いの手が差し伸べられることも、とうの昔に諦めていたのだ。

――いっそ死んだら楽になるのか？

そんな考えに取りつかれて自虐的《じぎゃくてき》な行動が増える。

それからさらに十年以上の歳月が過ぎた頃。アルが勇者の後始末で負った傷の治療に専念していた時、錬金術師だという女の始末を命じられた。なんでも勇者の魔王退治熱を悪化させる恐れがあるのだとか。

――馬鹿らしい。

勇者と名乗らせておきながら魔王に関わることを禁ずるとは、どんな茶番だろうか。

だがこの命令が、アルの運命を変えた。

当初は女が勇者に関わらずに姿を消してくれれば、放っておくつもりだった。しかしどういった理由なのか不明だが、女は勇者の跡をつけ出したのだ。

――聖王国に喧嘩《けんか》を売る気か？

それとも、なにが起きても対応できる自信があるのかもしれない。女の実力は知らないが、契約獣らしきコンはそれだけ強い力を持つ獣だ。

ともあれ、アルの警告を無視して勇者に関わるとあっては、始末せざるを得ない。跡をつけられていることに気付いていない勇者どもに釘を刺し、行動に移すことにした。

初めてまともに対面した時、女はアルの問いかけに「旅をしているだけだ」という拙《つたな》い言い訳をした。馬鹿な女だと思いはしたものの、一つ奇妙な点がある。死の平原を知らないと言うのだ。

いくら遠くから来た旅人でも、幼子《おさなご》でも知っている場所を知らないなんてあり得ないし、そんな嘘が通用すると思うこと自体がおかしい。海を知らない人間がいても、死の平原を知らない人間はいない。女はそのくらい異常なことを言っていた。

だがアルのすべきことは疑問の解消ではなく、女の始末だ。素直に警告に従わなかった女にイラつきながら、アルは女を殺そうと動き出した。

しかし簡単に済むはずが、何故か苦戦する。女に魔術が効かないのだ。魔術は正しく発動しているはずなのに、女に届く前に消えてしまう。仕方なく魔術ではなく己の手で始末しようと思えば、コンが邪魔をしてくる。ギラギラした目つきで襲《おそ》いかかるコンに、アルは覚えがあった。

――あの時のコンか！

勇者たちが無謀にもコンを契約獣にしようとして返り討《う》ちにあった際、仲間を逃がそうと奮闘《ふんとう》した一匹のコン。その場では引き分けに終わって逃げ去ったはずが、錬金術師に拾われていたとは。獲物を横取りされた形である勇者たちは、さぞ悔しがっているに違いない。戦いの最中ながら、アルは覆面《ふくめん》の下で笑みを浮かべた。

だがアルの目標はコンではなく、あくまで女だ。コンの攻撃を躱《かわ》しつつ、隙を窺《うかが》って女に近付いた。

そして、その瞬間は突然やってきた。

「……っつ‼」

身体中を走り抜けた衝撃に、アルは大きく飛びのく。

「……なんだ、今の感覚は？」

物心ついて以来ずっと慣れ親しんでいたと言ってもいい、身体に常に纏《まと》わりついていた服従の魔術の気配。それが消えてしまったのだ。続けてアルを襲《おそ》ったのは、解放への歓喜ではなく、自身が今まで経験したことのない事象への恐怖だった。

――この女、なにをした！

身体の一部を切り取られたような感覚に、アルの思考が停止する。そう、なにも考えることができずに、その場から逃げ出してしまったのだ。

逃げたはいいものの、アルは疑心暗鬼《ぎしんあんき》になっていた。自分になにが起きているのか？　今まで以上に悪いことが起きるのではないか？　そんな疑問に悩まされ、こうなった原因を考えた。心当たりは一つしかない、あの錬金術師の女だ。

——俺を懐柔《かいじゅう》して、どうしようというのだ？

だから、どんな思惑でアルを服従の魔術から解放したのか、問い質《ただ》しに行った。その際に勇者たちと揉《も》めたのは、些細《ささい》なことである。とにかく己の恐怖をどうにかしなければ、アルはなにもできなかったのだ。

しかし女を捕まえて話を聞いたところ、アルの魔術を消したのは偶然だという。ローブの付与効果が自動的に消したのだとか。

——そんな馬鹿な！

聖王国国教会で使われる服従の魔術を消す方法を、今まで何人もの人間が探していた。けれど、どうやっても消すことはできなかった。そのくらい強力な魔術なのだ。それを「ついうっかり？」という調子で語られ、今までの「一生このままだ」という苦しみや絶望はなんだったのかと問いたくなる。

そうしてあっけなく恐怖の根源が知れれば、次にのしかかってきた問題は「自由」だった。自由とは、自分で考えて自分で行動することだ。そんなこと、アルは今までの人生で経験した覚えがない。

今後を考えて途方に暮れたアルが護衛を申し出ると、錬金術師の女——ハナは少し悩んだものの、正気を疑うほどあっさりと了承した。

——この女、馬鹿なのだろうか？

アルからすると危機感というものが抜け落ちているハナに、脱力してしまう。

その日は何故か錬金術師の家に泊まることになった。外で寝ると申し出たが、「逆に気になる！」と怒鳴られたのだ。

変わった形の魔術道具が配置された家の中、夜の静かな時間に、アルは床に寝転んだ状態で外を窺《うかが》う。歪《ゆが》みのない平らなガラス窓から、木々の隙間の向こうの星空が見える。不思議な素材の枠《わく》に飾られた窓は、美しい星空を写し取った絵画のようだった。

――綺麗だな。

アルにとって、夜闇は身を隠すのが容易になる便利なものでしかなかった。しかし夜が美しいものだと思った自分に戸惑う。

――自由とは、世界が美しいことを知っていくことかもしれない。

アルは夜空に浮かぶ二輪月《にりんづき》を見ながら、ぼんやりと思った。

＊　＊　＊

花の護衛として新たなお供が加わった、翌朝。

覆面男《ふくめん》は、アルと名乗った。相変わらずの覆面《ふくめん》姿だが、本人が覆面《ふくめん》をとりたがらないので仕方ない。一応素顔は見た。昨夜このログハウスに宿泊させた際、埃《ほこり》っぽい姿でウロウロされることを嫌った花が強引に風呂に入れたのだ。その際に見たのだが、王子様顔の美形だった。

「その覆面《ふくめん》、意味ある？」

花が思わずそう聞いたほどの美形だった。しかも異世界で初お目見えの金髪碧眼《きんぱつへきがん》だ。目立つのが嫌なのかもしれないが、覆面《ふくめん》も同じくらいに目立つだろうに。少なくとも花は異世界に来て、この男以外の覆面《ふくめん》を見たことがない。

「……意味があるからしているんだ」

首を傾げる花を、アルが奇妙なものを見る目で見ていた。これはなにか、デザインにこだわりのある覆面《ふくめん》だったりしたのだろうか。だったらデザインに疎《うと》くて申し訳ない。

ちなみに、アルは花のことを「主殿《あるじどの》」と呼ぼうとしたので、名前で呼ぶように強く言った。主殿《あるじどの》なんてどこの時代劇だろうか。

それでも「山田花」という名前は言いにくいらしい。確かにリブレの街でも「ヤマ・ダハナ」と変なイントネーションで呼ばれた。それでは自分の名という気がしないので、「ハナ」で手を打った。

朝食を終えたところで、今後の旅の計画を立てる。魔王のもとへ行くには、ここからだとリブレの街方面へ戻り、二つの国を抜けて魔族領へ入る必要があるそうだ。

「どこにあるのよ、魔族領って？」

リブレの街で描いてもらった地図は持っていても地理を全く知らない花に、アルはもう少し詳しい地図を描いてくれた。

「このあたりの国は全て、死の平原を囲むように位置している。その死の平原の真ん中が、魔族領だ」

地図の真ん中を指して、アルが言った。

ついでに聞いたところによると、死の平原は、魔素というものが濃すぎて生き物が存在できない場所らしい。魔素はどんな生き物にも備わっており、死の平原の空気を吸えば魔素が狂い、生えている草を食べても魔素が狂うという。

そしてやはりというか、花がいた草原が死の平原だった。

——道理でポン太が草原の草を食べなかったはずだよ。

ポン太が絶対に一匹では家の外に出なかったのも、死の平原では生きていけないことを知っていたのだろう。アル曰《いわ》く、花が残した間取り図の中に入ると、魔素の異常が治まるのだとか。さすが神に貰ったペンなだけある。

こんな環境で何故花が普通に生きていたのかというと、恐らく神に与えられた特典、『花様及び花様の身の回りの健康を保障し』というのが原因と思われた。

——なんではじまりが、あそこだったんだろう？

これは大いなる謎だ。

その死の平原の内側と外側をぐるっと山脈が囲っている。所々切れ目があるものの、人が越えるには困難だし、特に外側は越えたところで死の平原が待っているだけ。頑張って登ってもいいことナシな山である。

そんな場所の真ん中に、魔族領があるという。

楽をするため飛竜で山脈を越えていこうとしても、飛竜は死の平原に絶対に降りないので、本当に通過するだけになるそうだ。上空から魔族領に不用意に接近しようものなら、魔術で攻撃されるらしい。

「そんなところ、どうやっていくの？」

当然の疑問に、アルは答えた。

「魔族側が作った入り口があるんだ。そちらは魔族によって守られていて、安全に行き来できる」

魔族領は他国との国交を絶っているわけではないそうだ。安全な入り口周辺は魔族領へ向かう旅人でそこそこ栄えており、魔族の姿も見られるのだとか。

「そこからしか行けないんだ？」

「いや、山脈の切れ目がいくつかあるので、そこを通ってなんらかの手段で死の平原を越え、魔族領の山を登るルートもある」

それは恐らく花が脱出したルートのことだろうが、魔素の異常と無縁な花だからあっさり通れたのであって、普通だったら自殺志願者以外の何物でもない気がする。これはアルも同意見だった。

「無理をして死の平原を越えるメリットはない。不法侵入が発見されれば、当然魔族から攻撃されるし、上空からの侵入も厳しく監視されている。危険を冒《おか》すより、素直に正規の入り口から入った方が数倍楽だ」

「じゃあなんで、勇者は死の平原を越えようとしてたの？」

花の質問に、アルはつまらなそうに答えた。

「簡単なことだ。聖王国の人間は魔族領への通行を禁止されているからな」

「……なるほど」

考えてみれば魔族側に、敵対国の人間を無条件で入れてやる義理はない。そしてこっそり侵入を試《こころ》みるのは、アルみたいな密偵《みってい》たちの仕事だったのではないだろうか？

――楽な道があるのに選べないって、そこに生まれた国民は嫌だなぁ。

微妙な空気になったのを察したのか、アルが話を変えた。

「蛇足《だそく》だが、死の平原で人影が発見されたのが、魔族領の入り口の反対側だ。俺が妙な絵を見つけたのもそこだ」

「ほぅ！」

花は最初に自分がいた場所がわかって、思わず身を乗り出す。

どうやら花がキノコやら果物やらを採っていたのは、魔族領との境界あたりらしい。魔族領内は魔族によって魔素が調節されていて、そのおかげで安全な食材が採れるのだという。

――魔族、イイ奴！

魔族領のおかげで食料が調達できていたのはわかった。ポン太があの山を越えたがらなかったのも、越えた先は魔族領だからだったのだろう。先程の話からすると、勝手に入ったらなにか怖いことが起こるのかもしれない。花たちはギリギリのことをしていたのだ。

魔族領について勉強したところでいよいよ旅立ちだが、その前にログハウスを消す作業がある。

――どうしようかな？

アルを信用できるのかという問題は残っているが、ついてくるのを許した以上、ペンの力を隠しておくのにも限界がある。ほんの少しだけ悩んだ結果、「なるようになるさ」と気楽に考え、花はペンを握り込んだ。

「消えろ！」

一瞬で家が消えたのを見たアルは、驚きすぎて声もない様子だ。この反応はこれまで訪れた先々で見たので、もう慣れている。アルはさらに残った便箋《びんせん》の裏紙の絵を見て、「これか！」と叫んでいた。

出発前に、アルに旅の足である自転車の練習をしてもらった。せっかく同行者に体力のある成人男性が増えたのだから、これを利用しない手はない。元々の身体能力ゆえか、アルはこけずに一度で走らせることに成功した。

――美形が自転車でヨロヨロしたり、コケたりする姿が見たかったのに。

美形は自転車に乗っても様《さま》になる事実を確認したかったわけではない。それに確か、花は自転車に乗れるようになるのに二、三日かかった記憶がある。きっと子供だったから練習に時間が必要だったのだと、花は自分を納得させた。

こうして自転車の新たな漕《こ》ぎ手がサドルに跨《また》がり、後ろの荷台に花が乗ると、荷物を括り付けておく場所がなくなる。その荷物をカゴに入れると、当然ながらポン太があぶれた。

今まで楽をしていたポン太は走って移動になるのを猛烈に拒否した。ポン太にしてみれば、アルよりも自分の方が先輩なのだ。自分の方が苦労するのは納得いかないのだろう。

――動物界のランキングは大事って言うもんね。

ポン太のプライドを尊重して、花はハンドルの真ん中あたりにポン太専用席として、ペンで作った小さなカゴをつけてやることにした。

「カモン、カゴ！」

カーン！

鐘一つで木のつるを編《あ》み込んだようなカゴができたので、自転車に装着する。

「キュ！」

チャイルドシートみたいな見た目になったが、ポン太は満足らしく、これで丸く収まった。強《し》いて問題を上げれば、ポン太が立ち上がるともっさり尻尾がアルの顔を直撃することくらいだ。

準備が整い、ようやく魔王城へと出発だ。

――いや、魔王城があるかは知らないけどね。

花としては、魔王にはいかにもラスボスなお城に住んでいてほしい。

「レッツゴー！」

花の号令と共に、アルがペダルを漕《こ》ぎ出した。


旅は順調に進む。

勇者のストーカーをしていた時みたいにこそこそする必要がなく、どこにでも家を出せるため無理に村まで行くこともない。綺麗なお花畑を見つけたら止まって休憩し、川を見つけては魚を採りと、実にマイペースに旅をしている。

現在も、前方でキュッキュと指示らしきものを出すポン太の声が聞こえる以外は静かなものだ。

――乗ってるだけって、楽だなぁ！

鼻歌を歌いつつ両足をブラブラさせていたら、アルに「バランスが取りにくい！」と文句を言われた。

新たなお供が加わって便利になったことが、自転車の他にもう一つある。食料問題だ。

アルは狩りから解体に至るまで全てこなす。さすがに大イノシシサイズの獲物は処理が面倒だが、兎《うさぎ》などの小さな獲物ならば道中の暇潰し程度の時間で済むらしい。加えて野草にも詳しいので、食卓に緑が増えた。キノコは相変わらずポン太が休憩時間に採ってくるし、最近食材に困っていない。

異世界生活はじめの時の絶望を思えば、天国かもしれない。

花の食の満足度が上がった一方で、アルは花の持っているバランス栄養食を気に入ったそうだ。密偵《みってい》をしていた頃にこれが欲しかったと零《こぼ》していた。まるで戦うサラリーマンだ。

しかし、このアルという男は有能でなんでもできるものの、会話は弾まない。物知りなので一を聞いたら二十くらいの勢いで答えが返ってくるのだが、自発的な会話をしないのだ。

――なんていうのか、ロボットみたい。

ずっと聖王国の密偵《みってい》をしていたと聞いた。そんな仕事をしていると、余計な会話をしない人間になるのだろうか？

それでも花にとって貴重な会話相手である。花はまず「ただいま」と「お帰り」の挨拶《あいさつ》を仕込んだ。玄関をくぐる時の返事のない挨拶《あいさつ》は、慣れても寂しかったのだ。先にアルを家に入らせて「お帰り」を言わせる作戦をとったところ、「意味がわからん」としかめっ面をされた。意味がわからなくても、花が満足なのでいいのである。

加えてアルには自分を大事にしないというか、自虐的《じぎゃくてき》なところがあるようだった。多少の苦痛を我慢するというよりも、諦める傾向が見られるのだ。

どうして花がこのことに気付いたのかと言えば、道中にアルがポン太とちょくちょく喧嘩《けんか》をするからだった。そのたびに攻撃を受けるアルだが、積極的に対処しようともせず放置するのだ。

――まー、そもそもポン太に大怪我《けが》を負わせたのがアルだっていうんだから。

勇者一行がコンの生息地である森を荒らしたせいで逆襲を受け、勇者を逃がす矢面《やおもて》に立たされての行動だったというのは、アル本人に聞いている。そんな理由なので、多少険悪なのは当然だと思う。

だがこの一人と一匹、もしかしてむしろ仲がいいのだろうかと疑うくらいに些細《ささい》なことで喧嘩《けんか》をする。そちらの方が肉が大きいとか、料理が多いとか、高い場所から見下ろして偉そうとか。主に喧嘩《けんか》を吹っかけるのはポン太だった。

いつかの朝も、花は戦闘音で目が覚めた。

「ふぁ、なによ朝から……」

花は欠伸《あくび》をしつつ壁の向こうを窺《うかが》う。旅の人数が増えたので、ワンルームの間取りだったのを寝室とリビングを壁で隔《へだ》て、さらにアルの部屋も作っていた。

「今度はなによー？」

パジャマにローブを羽織《はお》った姿でリビングに顔を出す。喧嘩《けんか》は主にリビングで起きるのだ。

「キュキュキュー！」

「……なんでもない」

ポン太がもっさり尻尾で床をびったんびったん打って主張する一方、アルは流そうとする。台所が若干荒れているので、ポン太の盗み食い現場にアルが居合わせたと見た。

——っていうか、アルってポン太の言っていることがわかってるよね。

アルは喧嘩《けんか》の最中もポン太の主張を的確に把握する。花には「キュッキュ」としか聞こえない声も、アルには違って聞こえているようだ。もしかして魔術の一種かもしれない。

それより気になるのが、アルの衣服が若干焦《こ》げていることだ。

「ありゃ、アル火傷《やけど》してない？」

「いや、平気だ」

涼《すず》しい声で返すので、本当に火傷《やけど》していないのかとも思ったが、一応チェックをする。飼い主としてペットのオイタのアフターフォローは必須だ。

「いいから見せる！」

「平気だと言っている」

焦《こ》げた服を剥《は》ごうとすると、アルが強固に拒否する。

「ちょっと見せるだけでいいんだからさぁ」

花がアルの服を強く引くと、ビリッと破れた。それでアルも諦めたのか上を脱いだのだが……

「……なによこれ」

アルの身体は全身痣《あざ》だらけだった。ポン太に負わされた火傷《やけど》がどこかすらわからない。

「……そんな顔をするだろうから、見せたくなかった」

ポカンとしている花に、アルが嫌な顔をした。

「もう！　どうして放っとくの！」

花はどこかの村で大イノシシのお礼として貰った痛み止めの軟膏《なんこう》を、慌ててリュックから取り出し、アルに塗ってやる。

「痛いなら痛いって言ってよね！」

花が怒りに任せて怒鳴りつけると、アルが心底不思議そうに返す。

「言ってどうなる？　行動不能になれば治療の機会が与えられるが、そうでなければどうなるものでもない。痛みが引くのを待つだけだ」

――誰だ、この男を育てた奴は!?

花は怒ると同時に恐ろしくなった。日本で噂《うわさ》に聞いたブラックな会社で働く人間は、こういう考え方なのかもしれない。

「とりあえずポン太は喧嘩《けんか》に雷撃使うの禁止！　アルも痛いの我慢禁止！」

年上の人間に説教をするなんて、これが初めてだった。

そんなこんなで、旅路はリブレの街まで戻ることになる。聖王国に向かう途中で立ち寄ったいく

つかの村では、花は「大イノシシの女」として覚えられていたりもした。

——なんか、こういうのっていいかも。

自分の存在が人の記憶に残っているのは楽しいことだと、花は改めて思った。記憶に残るということは、この世界に花が生きているという証《あかし》のようではないか。日本で知り合いに会った時は「あ、どーも」のみで済ませていたが、今にして思えばもったいなかった。

そして出発から数日後、リブレの街に着いた。

「やっほー！」

「なんだ、もう戻ってきたのか」

アルが止めた自転車の後ろから飛び降りた花に、相変わらず入り口を守っているおじさんが目を丸くした。

「だって、聖王国って楽しくなかったし」

花が愚痴《ぐち》るとおじさんは大笑いする。

「いかにリブレの街の水と料理が美味《おい》しいか、身に染みただろう！」

——想像を超える不味《まず》さだったよね。

話に聞くのと実際に体験するのとでは雲泥《うんでい》の差だ。あんな不味《まず》い物を毎日食べるくらいなら田舎《いなか》者でいたいと、花は改めて思った。

「で、そいつは？　前の時はいなかっただろう」

おじさんが、覆面《ふくめん》姿で頭にポン太を乗っけているアルを見た。ポン太はわざとなのかアルの怪しさを緩和《かんわ》させるつもりか知らないが、おかげでシリアス感がゼロだ。

「新しい旅の連れで、アルっていうの」

花の説明を、おじさんはどう解釈したのか、あっさり頷く。

「最近色々と物騒だから、人間の用心棒もいた方がいい」

「ふーん」

思えばこの街を出て大イノシシに襲《おそ》われたり、アルに襲《おそ》われたり、勇者一行に襲《おそ》われたりと、物騒と言えば物騒な目に遭《あ》っていたかもしれない。

花はおじさんの許可を得て前回と同じく街の入り口横にログハウスを作ると、自転車と荷物を中に置いて早速食堂に行くことにした。満足いくまで美味《おい》しいご飯が食べたいのだ。

街に入った途端、子供たちがポン太を連れた花を見て歓声を上げた。

「錬金術師様だ！」

「ポンちゃんだ！」

「ねー、またあれやってー！」

みんなに歓迎されてもみくちゃになりながら食堂にたどり着くと、そこでももみくちゃにされた。

「とりあえず注文！」

「はいよ、好きなものを食べな！」

花がにぎやかに食事をしているテーブルの隅では、アルが静かにお酒を飲んでいる。みんな花の連れに興味津々《きょうみしんしん》だが、覆面《ふくめん》男に声をかける度胸がないらしい。

「しばらくここにいるのか？」

常連客に聞かれて、花は素直に答えた。

「ううん、ちょっと魔族領まで行こうかと」

「へえ、いいじゃないか！」

すると、周囲からおすすめの言葉が降ってくる。聖王国のことを聞いた時と真逆の反応だ。

「あっちは珍しいものが多くて楽しいぞ、きっと！」

「そうなの？」

花はアルの方を見て確認するが、彼は人が多いところが苦手なのか、酒を持って沈黙している。

一応癒《いや》しとしてポン太をアルの目の前に置いてやったところ、彼の視線はポン太のもっさり尻尾に釘付けだ。

「なんていうか、変わった連れだな」

アルの様子に戸惑う客に、花は笑った。

「そう？　私は話し相手ができたから結構楽しいよ」

「まあ、コンを連れているお前さんが、一番変わっているか」

周囲にドッと笑われた。

――むぅ、理不尽！

花は変わっているのではない。ただ色々なことに無頓着《むとんちゃく》なだけだ。

＊　＊　＊

花たちがリブレの街で盛り上がっている頃。

「奴が逃げただと⁉　どうやってだ⁉」

聖王国王都の城の一室に、豪奢《ごうしゃ》な衣服に身を包んだ教皇の怒声が響く。

顔を真っ赤に染めた教皇に、両膝をついて頭を垂れる男が答えた。

「不明です。服従の魔術に反応せず、魔術での捜索《そうさく》にも引っかかりません」

男の冷静な声に、教皇は唸《うな》る。

「よりによって、奴が逃げただと……」

室内を落ち着きなくウロウロする教皇に、男が続けて告げる。

「錬金術師の女を連れ去った姿を目撃されており、そいつに入れ知恵されたのかと考えられます」

「ぬうっ、また錬金術師か！」

教皇が握りしめた拳を壁に叩きつける。

「まずい、まずいぞ……」

教皇は焦ったように呟く。

そんな二人を無言で見ていた王が、ふいに口を開いた。

「犬ごときが逃げた程度、なにをそれほどに慌てる？」

眉を寄せて尋ねた声音は、少々震えていた。

「呑気《のんき》なことを言うな！」

教皇はそんな些細《ささい》なことに気付くことなく、言葉を取り繕《つくろ》わずに怒鳴り返す。

「……」

王はそれを不敬だと咎《とが》めもせず、ぐっと唇を噛《か》み締めた。

教皇はアルと名乗らせている男を、いつか捨て駒《ごま》にできると考えて生かしておいた。反面、あれは他国の手に渡れば利用価値のある諸刃《もろは》の剣《つるぎ》だ。だからこそ魔術で雁字搦《がんじがら》めにして、逃げ出すことなど考えないようにさせていたというのに。

その苦労を全くわかっていない顔でとぼけたことを言われ、余計に怒りが込み上げる。

――愚鈍《ぐどん》な人形が！

王をそうさせたのは自分だという事実を、教皇は棚上げしていた。

「くそう、錬金術師め！」

最近行動を操《あやつ》るのが難しくなっていた勇者も、錬金術師との出会いでいよいよおかしくなっているのだ。

たった一人の女が、教皇の計画を狂わせている。

「アルを探せ、探して殺せ！　錬金術師の奴もだ！」

喚《わめ》く教皇に、男は尋ねる。

「現在拘束《こうそく》中の勇者はどうされます？」

男の質問に、教皇はぎろりと睨《にら》んで怒鳴る。

「矯正《きょうせい》が不可能なら、処分だ！　役立たずの供三人には責任を取らせろ！」

男は深々と頭を垂れた。

「……犬のくせに、我よりも大事か」

興奮する教皇を横目に、王が不満そうに呟いたのだった。

＊　＊　＊

花たちはリブレの街で十分英気を養い、再び魔族領へと進む。街を出立してからも、相変わらず自転車を漕《こ》ぐのはアルだ。人間は楽を覚えると、前の生活に戻れなくなるのである。

そうしてしばらく進んだところ、道の脇の木が数本倒れて、所々焦《こ》げている場所に差しかかった。

恐らくあそこは大イノシシが暴れた場所だろう。ということは、花が草原から脱出してきた地点はもうすぐだ。

——うーん、戻ってきたなぁ。

あの草原は、情報だけ聞くと地獄同然の場所なのだが、花にとっては異世界で最初に見た場所だ。なんだか故郷に帰ってきたかのような気持ちになる。丁度天気もあの時同様の快晴だ。

「鳥が飛んでるー」

荷台でのんびり空を見上げて呟く花に、アルが馬鹿にしたみたいに鼻を鳴らす。

「死の平原の近くを鳥が飛ぶものか。あれは飛竜だ」

「へっ⁉　鳥じゃないの⁉」

驚きの情報に、花は荷台から身を乗り出して目を凝《こ》らすが、小さすぎて判別不可能だった。草原脱出直後に遭遇《そうぐう》した飛竜は、相当大きかった覚えがあるのだが。

「うわっ⁉　急に動くな！」

自転車のバランスを崩しそうになって慌てていたアルは、花の驚きぶりに「なにを言っているんだ」という顔をした。

「かなり高度を上げて飛ぶから、地上から見ると鳥ほどの大きさに見えるだけの話だ」

「……なるほど」

だったら草原で花が発見された際、花がそれに気付けなかったのも無理はないということだ。うかうか第一異世界人を見逃していたわけではなかったらしい。

頷いて納得する花をよそに、先頭でポン太がご機嫌にもっさり尻尾を揺らしている。

そのポン太を見て、アルが言った。

「コンが生息している地域は、丁度ここから死の平原を挟んで反対側の森だな」

「反対の森ね……」

花は異世界二日目に見た、爆発音を響かせていた森を思い出した。やはりあれがポン太の住んでいた森だったようだ。

「そういえばポン太以外のタヌキ、じゃなくてコンを見ないね」

「よほどの理由がない限り、コンは縄張りから出ないからな」

花の疑問にアルが答える。というかこの男、聞けばなんでも答えてくれた。花の質問がことごとく常識的なことなのか、それともアルが博識なのか、気になるところだ。

——美形で頭のいい人が、なんで密偵《みってい》とかやってたんだろう？

そんな素朴《そぼく》な疑問が脳裏を過《よ》ぎる。

その後しばし沈黙していると、前のカゴでゴソゴソという音がした。

「あ、こらポン太、キノコを齧《かじ》らないの！　もうすぐご飯にしてあげるから！」

しれっとカゴの荷物をつまみ食いしているポン太を、花は後ろから身を乗り出して叱りつける。

「キュキュ！」

ポン太が「腹減った！」と言わんばかりに鳴いた。

花とポン太に挟まれたアルは、深い息を吐く。

「契約獣に向かないと言われているコンを、そこまで懐《なつ》かせた例は聞いたことがないな」

ここで謎の単語が出てきた。

「……ねえ、契約獣ってなに？」

この際だからなんでも聞いてしまえと、花は疑問をぶつけた。

「これも知らないのか」

ため息混じりにアルが言うには、獣の中には特別頭のいい種類がいくつかいるらしい。その筆頭が竜だという。コンも竜と同等の知能があるのだそうだ。

「へー、じゃあポン太は竜なんかと同じってこと？」

「キュキュ！」

ポン太は少し偉そうに鳴き、もっさり尻尾でアルをバシバシ叩いている。

知能ある獣に名前を付けると、特別な強い絆《きずな》が生まれるのだとか。知能ある獣と人間とが魔力と信頼によって繋《つな》がれる術を、契約獣と呼ぶのだそうだ。

――私、名前を付けたね。

しかも異世界初日の出来事だった。特に考えた結果でなく、なんとなく呼んだ名前だったのだが。

「どうしてコンの名前を、『ポン太』なんぞという珍妙なものにしたんだ？」

アルが後ろを振り返って聞いてきた。よそ見運転は危ないのでやめてほしい。

「えー？　だって『ポン太』って顔してるじゃない」

花はアルの頭を前に向けてやりつつ、そう返す。

「キュキュー！」

ポン太の鳴き声が「好きで呼ばれてるんじゃねぇよ」的な響きに聞こえた。この「なんとなくこんなことを言っている気がする」という感覚も、契約獣との絆《きずな》によるものだそうだ。

そんなに特別な行為だったのなら、もっとカッコいい名前にしてやればよかったかもしれない。

だがタヌキを見てポン太と呼ぶのは、花にとっては必然だ。

――きっとこれでよかったのよ。

ウンウン、と花は一人頷いた。

「契約獣の術が成り立つことが多いのは、主に竜だな。彼らは強くて賢くて、性格も穏やかで人間に好意的だ」

ちなみに、飛竜と竜は全く違う生き物だという。

「なんでポン太たちは、契約獣っていうのに向いてないの？」

少々喧嘩《けんか》っ早いが愛嬌《あいきょう》もあって可愛いポン太が、人気がないと言われているみたいでなんだか嫌だ。そう考える花を、アルは馬鹿な子を見るような目で振り向いた。

「コンが凶暴すぎて、契約に至らないからだ」

契約獣になっても獣が命令に従うわけではないそうだ。あくまで「仲良くしようね」という約束に過ぎないらしい。なので下心を持って契約しようとすれば、それを察した獣に返り討《う》ちにされるというわけだ。

――喧嘩《けんか》っ早すぎて駄目なのか。

その点花は、花の周囲だけが安全圏だったので、死の平原に怯《おび》えるポン太の保護者的ポジションとなり、そもそも喧嘩《けんか》にならなかった。環境のおかげで楽をさせてもらったというわけだ。これがポン太のテリトリーで出会っていたら、絶対に言うことを聞かなかったに違いない。

アルがさらに続ける。

「しかし強力なコンを契約獣にしているとなれば、それだけで地位が上がる。このことを魅力に思った者が挑むことはあるが、成功例は聞かないな、お前以外は」

勇者のお供がその挑《いど》んだ者の一人なのだろう。わざわざ森まで会いに行ったくらいなのだから。

ここで、花はふと思い付いた。

「そういえば、ポン太が住んでいた森からも魔族領へ行けるのか」

勇者一行が草原の反対側から森に入ったということは、あの場所は山脈の切れ目なのだ。だとしたら、魔王退治の下見のついでだったのかもしれない。

花がそんなことを考えていると、アルがボソリと言った。

「現在、聖王国側から森へ行く道は使えない」

「使えないって、土砂《どしゃ》崩れとかで道が塞《ふさ》がっているとか？」

花が日本でありがちな事象を挙げてみると、アルは首を横に振る。

「ある日突然、死の平原から山脈を越えて大地の裂け目が伸びてきて、死の平原と接している森へ続く街道を断絶してしまった。裂け目から死の平原の魔素が漏《も》れ出ているらしく、周囲の集落は全て避難している。飛竜も飛びたがらないので通行は不可能。なので森に行けないということだ」

「……」

花はなにも叫ばなかった自分を褒《ほ》めてやりたい。まさかあのうっかり落とした果物ナイフの裂け目が、山脈を越えていたとは。

――神の便箋《びんせん》、怖すぎる！

黙り込んだ花に、アルがさらに続ける。

「コン捕獲に現《うつつ》を抜かしていた勇者たちが王都へ帰れなくなり、馬車で敵国を抜ける羽目になったのもそのせいだ」

勇者一行は国のエリートであり、本来ならば大名行列よろしく他国入りするのだとか。だが行列の人員は裂け目の向こうに置いてきており、飛竜を迎えにやろうにも、敵対中の国に無断で乗りつけられるわけもない。自力で移動手段を確保して帰る事態に陥《おちい》ったわけだ。

つまり勇者一行と出くわしたのは、ある意味花の自業自得ということらしい。

＊＊＊

花たちが魔族領へと向かっていた道中、ある日の夜。

アルは暗闇の中を駆けていた。その通った後には、鎧《よろい》と剣で武装している者たちが倒れている。彼らは自分たちの後を追ってきた者たちだ。全員聖王国の人間ではなく、現地人である。恐らく精神魔術によって洗脳されて利用されたのだろう。

――教皇も執念《しゅうねん》深いことだ。

思い通りに行かないことが苛立たしいらしい。

アルの衣服にはハナによって神子《みこ》の魔術への対策が施《ほどこ》されている。倒れたままにしている彼らも、気が付いた時には精神魔術が解け、どうしてそこにいるのかも覚えていないことだろう。

夜の仕事が終わりハナの家に帰る。初めて見た時はあれだけ拒絶されていた家の扉も、ハナに仲間だと認識された後はあっさりと開く。

――まるでハナの心の扉だな。

敵だった自分を迎え入れるなんて、懐《ふところ》が深いのか、はたまたお気楽思考なのか。後者かもしれないと思うと、自然と笑みが浮かぶ。そして笑えていることに自分で驚いた。

「ただいま」

最近の習慣になった帰宅の挨拶《あいさつ》を、アルはぼそりと呟く。最初はこれだけのことで嬉しそうにするハナが謎だったが、今ではその意味が少しわかる気がした。誰かが家の中で待っているということが大切なのだろう。

深夜ゆえ返事のない家の中に入ると、ポン太が台所で干しキノコをつまみ食いしていた。

「また食い散らかして、ハナが怒るぞ」

『ふん、食った者勝ちなんだよ』

一応忠告するが、ポン太は知らぬ顔だ。それでもハナに叱られて以来、酷い喧嘩《けんか》はしていない。

このポン太という変わった名前を付けられたコンには、初対面が戦闘だったこともあり、再会した後もなにかと絡まれている。主な被害は食事の横取りだ。

ハナはポン太の言っていることがぼんやりとしかわからないそうだが、魔術師であればコンなどの知能ある獣の言葉を、魔力の流れとして捉《とら》えることができる。つまり魔術を扱うアルは竜やコンとの会話が可能なのだ。

ポン太は若い頃に大陸を旅したことがあるそうだ。歳をとって生まれ故郷の森に戻り、若いコンたちに修行をつけていたのだとか。本人は「若気の至り」などと言っていたが、なんとも行動的なコンらしい。

『おめえこそ、どうして夜にコソコソとしてるんでぃ？』

なにをしているのかわかったような顔で問いかけてくるポン太に、アルはムッと唇を引き結んだ後、小さな声で答えた。

「……ハナは楽しい旅がしたいのだろう？　こいつらに追いかけられていると知れば台無しだ」

これが美味《おい》しい、あれが綺麗、それも楽しそう。ハナの目に映る世界は輝いている。ならばその輝く世界に落ちる暗い影を減らしてやりたい。自然とそう思ったのだ。

『シシッ、小僧がいっぱしのことを言うじゃねぇか』

ポン太が愉快そうに笑った。

「お前こそ、どうしてハナと一緒にいるんだ？」

アルが尋ねると、ポン太はもっさり尻尾をピンと立たせる。

『死の平原のど真ん中に放り出されて、ハナの保護なしにどうやって生きろというんでぃ！』

話を聞くところによれば、いつの間にか死の平原のど真ん中にいたそうだ。それはなんという不幸だろうか。

「だが、死の平原を出た後だったら、いつでも逃げることができただろうに」

アルが疑問を述べると、ポン太はグゥッと唸《うな》る。

『ほれ、あれだ……あの頃のハナが、迷子で途方に暮れる子供に見えたのよ』

「子供？」

『おうよ。俺らの仲間でも、たまに森からうっかり出たせいで迷子になって、泣き喚《わめ》く子供がいたもんだ。あれとダブって見えてなぁ』

ポン太がもっさり尻尾をゆらゆらと揺らした。

『てめぇもそうだな。独りぼっちで寂しくて、キャンキャン吠えている子供みてぇだ」

ポン太の言葉に、アルはぐっと口を結ぶ。

――そうだな、俺はずっと一人だ。

最初こそ寂しくて泣いていたが、今では慣れたと思っていた。それなのに、こんな心の奥底をコンに指摘されるなんて。

「それが、死の平原を出てもハナと一緒にいる理由か？」

『……ふん、俺も久しぶりに森の外が見たかったのさ』

ポン太の強がりに、アルは小さく笑った。

＊　＊　＊

この世界についてのあれこれをアルに教えてもらいながら進んでいたある日。花たちはようやく魔族領への入り口のある国アルベラへ入ったらしく、国境の街が見えてきた。

街の外観を目にして、花は歓声を上げる。

「おお、なんか雰囲気が違う！」

今までの街の建物が西洋風な煉瓦《れんが》造りだったのに対して、ここはアジア的な木造の建物が目立つ。

「魔族領の文化が入っているからな」

アルがローブのフードを深く被り直して言った。彼は人里に入る時は覆面《ふくめん》をした上でさらに顔を隠そうとする。隠すから余計に怪しく見えるのでは、と花は思うのだが、本人のやりたいようにさせている。

それにしても、魔族領とはアジア的な場所らしい。この複数の国の文化が入り混じって雑多な感じは、東南アジアの雰囲気が一番近いかもしれない。

自転車にTシャツタヌキなポン太を乗せて街に入ろうとすると、いつものように門番に止められた。だが錬金術師だと言うと、怪しい連れも怪しいペットも通してもらえる。本当に錬金術師という職業は、どういった目で見られているのか。

――変わり者ってことなんだろうな。

詮索《せんさく》されないのは有り難いものの、釈然《しゃくぜん》としない花だった。

街に入ると、目立つのは土産物《みやげ》屋だ。アルベラ国を出る前の駆け込み需要が多いようだ。どんな土産《みやげ》物があるのか、気になった花が店先を覗いてみると。

「魔王まんじゅう、魔王せんべい、魔王クッキー……ってナニコレ？」

「流行《はや》りのものらしく、あちらこちらで見かけるな」

アルの解説も、花の耳を素通りする。

――なんだかなぁ……

どれも日本の観光地で必ず売っているラインナップだ。それを異世界の地でも見ようとは。

「これは全く新しい商品だからね、知らないのも無理ないさ！」

土産《みやげ》物屋のおばさんがにこやかに話しかけてきた。花の怪訝《けげん》な表情が、おのぼりさんと思われたみたいだ。

「……新しいの？」

「そうさ！　最近魔王様が提案された土産《みやげ》だからね！」

花の質問に、おばさんは自慢げに胸を張って言った。

「へー、魔王様プロデュースね……」

こんな場所で魔王の情報を手に入れようとは。よく見れば奥でペナントが売られている。

――魔王って、もしかして日本人？

花の中にそんな疑惑が生まれた。

魔王の正体は置いておくとして、街に入ったらまずは美味《おい》しいものチェックだ。アジア的なのは食事情も同じらしく、この世に来て初めて中華麺を目にした。

――焼きそばも美味《おい》しそうだけど、あの削る麺のスープが食べたい！

花は、特徴的な包丁で生地を削って鍋に放り入れるパフォーマンスに惹《ひ》かれた。日本でも聞いたことのある刀削麺《とうしょうめん》という料理だが、まさか異世界でお目にかかるとは。そしてアルベラ国は海に面しているらしく、どの食堂も魚介料理の種類が豊富だった。

「川魚も嫌いじゃないけど、海の魚はやっぱり美味《おい》しいわね！」

花は刀削麺《とうしょうめん》のスープと、シンプルな白身魚の塩焼きを注文した。麺と言ってもラーメンとは食感が違い、モチモチとして美味《おい》しい。白身魚の塩焼きもイケる。

「ハナは海を見たことがあるのか？」

海鮮焼きそばと煮魚を頼んだアルが、上品な手つきで魚をほぐしつつ花に尋ねた。ちなみにポン太も海の魚は口に合うようで、ガツガツと食べている。

食べながらポツポツと語ったことによると、アルは海に行ったことがないらしい。勝手に旅をする自由がなかった、というなんとも切ない理由で。考えてみれば命じられたことしかしない密偵《みってい》の生活なら、行動範囲が狭いものかもしれない。

「よし、海を見に行くか！」

花は真っ直ぐに魔族領へ行くつもりだったが、少々旅のルートを変更することにした。海を見たことがないなんて、切ないではないか。

「……そんな簡単にいいのか？」

「いいのいいの！　だって私の旅なんだから、好きに旅するまでよ！」

目を丸くするアルに、花はカラリと笑う。だが、アルは戸惑うように続ける。

「そうではない、魔王のことだ」

「ああ、急ぐんだったらそう言ってくるでしょ」

今まで急がずのんびり旅をしていたけれど、神から急かす《せ》手紙が送られてくるわけでもない。期限も切ってなかったので、一日たりとも無駄にできないことはないはず。

「なにより、私が海で遊びたい！」

「……そうか」

そう呟いたアルが目元を緩《ゆる》めた。海を見られるのが嬉しいのだろう。ポン太も海に行くとわかったとたんに、嬉しそうにもっさり尻尾を床に打ち付けていた。ポン太も海を見たいらしい。

こうして、寄り道が決定した。

ちなみにこの後、アルの海鮮焼きそばをちゃっかり一口貰った花だった。


予定のルートから逸《そ》れながら、自転車が進んでいく。

「うーみーはーひろいーなーおおきーいーなー♪」

「……なんだその歌は？」

後ろでご機嫌に歌う花に、アルは自転車を漕《こ》ぎつつちらりと視線を向けた。

「私の故郷の、海の歌だよ」

海に近付くにつれて気分が高揚してくる。生命は全て海から生まれたという話なので、それが関係しているのかもしれない。要は海が楽しみなのだ。

「海でなにをしたい？　釣りもいいし、泳ぐと気持ちいいよー」

「見たことがないから、なにをすればいいのか見当がつかんな」

花はアルの背中越しに尋ねたが、答えはつれないものだった。

「ブッブー、その答えはつまらん！　見たことないからワクワクするんじゃないの！」

海への高揚感を共有したかったのに、肩すかしを食らった気分だ。ポン太も「こいつ駄目だ」とばかりに、もっさり尻尾でアルの顔を叩いている。

「……ワクワクか」

花の文句に、アルが知らない言葉のように呟いた。もしかすると、今までワクワクしたことがないのだろうか？

「そう、ワクワクよ！」

前を覗き込むみたいに身体を伸ばした花に、アルから「危ないだろう！」というお叱りが飛んできた。だが、ちらっと見えたアルの目元は、微《かす》かに笑っているように思えた。

にぎやかに進む花たちの前方に、やがて海の輝きが見えてくる。

「おお、海だ！」

花が荷台で立ち上がろうとした、その時。

パアァッ！

花のローブが光った。

――なに、魔法で攻撃!?

「……っ！」

急ブレーキで止めた自転車から降りたアルが、周囲を見回す。

「キュー！」

ポン太も鋭く鳴いた。

ウゥー……

それを合図に獣の唸《うな》り声が複数聞こえてきた。気が付けば獣たちにぐるりと囲まれている。

「なにこれ……」

荷台から降りた花は、怖くなって自転車にしがみつく。

獣たちの後ろには見慣れた姿があった。勇者のお供三人組である。

――今日も勇者はナシか。

ここまでくると、この点が気になってきた。

「こんな場所で待ち伏せとは、勇者の供に選ばれた者がすることではないな」

アルが静かに言うと、魔術師の女がヒステリックに叫ぶ。

「よくもぬけぬけと！　アンタのせいで、アタシの位が下がったんじゃない！　っていうか真っ直ぐに魔族領へ行きなさいよ！」

どうやら花の思い付きの寄り道に、慌てて先回りしたようだ。

続いて戦士の男が皮肉気に口元を歪《ゆが》めた。

「こんな馬鹿馬鹿しいことを俺らがするなんざ、落ちぶれたものさ」

――ひょっとしてコイツら、勇者のお供を外されたとか？

今までの彼らは神輿《みこし》の上で偉ぶっているのが役目で、こういったことは下っ端の汚れ仕事だったのかもしれない。

「犬、お前ずいぶんと楽しそうだったこと」

魔術師の隣で青い服の神子《みこ》が、鋭い視線でアルを睨《にら》んだ。よほどアルが許せないらしく、怖い顔をしている。

神子《みこ》がアルを犬と呼ぶことに、花は生理的嫌悪感を抱く。神子《みこ》からは自分が支配する側であるのを当然だと捉《とら》えている者の空気を感じた。この世界のことをまだよく知らない花なので、聖王国の仕組みについて偉そうに講釈を垂れる気はない。けれど、人を犬呼ばわりする者と友達になれないだろうとは思う。

「どうやって服従の魔術から逃れたのか知りませんが、もう一度首に縄をかけてやります」

そう言い放つ神子《みこ》に対して、アルは黙って両手にナイフを持った。

「我、僕《しもべ》たちに命じる……」

神子《みこ》が小声で呪文らしきものを唱え出すと、獣が一斉に花たちに襲《おそ》いかかってくる。乱戦に巻き込まれるのが嫌なのか、戦士は後方から動かない。獣もそうだが、魔術師の誤爆も避けたいのだろう。

「うひゃっ！」

花が自転車にしがみついている傍《かたわ》らから、ポン太が威勢《いせい》よく飛び出した。

「キュー！」

ポン太が宙で一回転すると、雷が襲《おそ》いくる獣たちを薙《な》ぎ払い、一気に数を減らす。この攻撃力の高さこそが、コンが竜と同等に語られる所以《ゆえん》らしい。

「くっ……」

戦力がいきなり半減したことに、神子《みこ》は顔を歪《ゆが》ませる。

「ふん、そんな邪魔でしかない獣なんか、欲しくもないわ！　全部消し炭にしてやる！」

魔術師が杖を振りかざす。

「我求めるは紅蓮《ぐれん》の炎、全てを焼き尽くし灰とかせ！」

前回、ガラントの街で唱えていた呪文よりも、文言《もんごん》が物騒になっている。

――燃やすのが好きな女だな！

杖の先から炎が生み出されようとした瞬間。花はジーンズのポケットに忍ばせておいた紙を素早く地面に置いた。

「カモン、魔法停止！」

カーン、カーン、カーン！

鐘が三つ鳴ったかと思ったら、見渡す限りの地面が眩《まばゆ》く光った。

――眩《まぶ》しっ⁉

予想外の光りっぷりに、花は思わず目を瞑《つぶ》る。

「きゃっ⁉」

「なに⁉」

神子《みこ》と魔術師がこの現象に驚く中、光が収まると――

「クゥーン？」

「ガウガウ？」

そこには戸惑うように立ち尽くす獣たちがいた。

「神子《みこ》の精神魔術が消えたな」

ポン太の雷を避けて退避していたアルが、ボソリと呟いた。

「キュキュー！」

ポン太が鳴くと獣たちはビクッと身体を震わせ、散り散りに逃げていった。

魔術師の杖も炎を収めて沈黙している。

「なんで、なんでよぉ‼」

いくら杖を振っても炎が出ず、魔術師が絶叫した。

花だって学習するのである。前回のガラントの街での戦闘の際、魔術師のせいで大火災となった。

あの後どうなったかはわからないが、すぐに消火できたとはとうてい思えない。

そこで大迷惑な魔術をどうやって防ぐか考えて編《あ》み出した方法が、便箋《びんせん》の裏紙に魔法を仕込んで地面に置く作戦だった。ローブに魔法消去効果が付いたのなら、地面全体に効果が付けば、魔術が使えなくなるのではと考えたのだ。一応普通の紙でも試したが、その場合は紙の上だけしか効果を発揮《はっき》しなかったため、便箋《びんせん》の裏紙を使うこととなった。

さらに文言《もんごん》を「魔法消去」ではなく「魔法停止」に変えてみた。「魔法消去」だとアルの時と同様に、予想外の魔術を消してしまうこともあり得る。もし犯罪人を拘束《こうそく》するような魔術が消えたら、普通の人が困ることになってしまう。

アルの魔術で実験したところ、「魔法停止」なら文字通り魔術がちょっと止まるだけで、持続性のある術は消えなかった。ただし驚いて集中が欠けた魔術師が魔術を持続できなくて、結果消えることはある。ちなみに魔術と魔法は違うと言われたが、魔術に魔法消去はちゃんと効いた。魔術は魔法を真似たものと考えると、魔法という言葉は魔術までカバーするのかもしれない。

――問題は、どこまで影響するのかよね。

使うものが便箋《びんせん》の裏紙なだけに心配ではあるものの、自分の身の安全には代えられない。

実際の「魔法停止」の効果に、神子《みこ》と魔術師はショックを受けたようだ。

「私の精神魔術が……」

「魔術が使えないなんて、そんな馬鹿なことってある⁉」

神子《みこ》と魔術師は己の力に絶大な自信を持っていたのだろう。呆然と立ち尽くしている。

だが二人が混乱しているのを、黙って見ていることもない。アルは二人に素早く忍び寄ると呆気なく気絶させ、影を帯のようにしたものでグルグル巻きにした。

――後方支援のキャラが物理に弱いのはセオリーよね。

二人とも影で口を塞《ふさ》がれ杖を没収されているので、気が付いても魔術を使えないだろう。花はそれを確認すると、予想通りの仕事をしてくれた便箋《びんせん》の裏紙を、効果を消した後で回収する。

「チッ、役立たずどもが！」

味方がいなくなったところで、控えていた戦士が剣を構えた。

「お前らの首を教皇様に差し出し、元の地位に戻る！」

そう怒鳴り散らす戦士が、剣を手に花に向かってくる。だが戦士の前に、空間を歪《ゆが》めて移動したアルと、跳ぶように駆けてきたポン太が立ちはだかる。戦士は常人よりも強いのかもしれないが、器用に雷を操《あやつ》りながら攻撃するポン太と、どこから現れるのか予測できないアルを相手に、一人で勝てるはずもない。

「くそ、くそ、くそぉう!!」

次第に傷を負う戦士の動きが鈍《にぶ》ったところに、ポン太の雷が直撃した。

「ぐぅ……」

白目を剥《む》いて倒れ込んだ戦士からは、煙が上がっていた。

「うわぁエグい！　けどポン太もアルもよくやった！」

自転車にしがみついていただけだった花だが、褒《ほ》め言葉は惜しまない。ポン太は地面に転がる三人の上に乗って勝ちポーズをキメて、アルは鼻を鳴らすのみだった。

戦士も他の二人と同じように影の帯でグルグル巻きにしたところで、制圧完了だ。

「でもさぁ、この三人って戦い方が下手だよね？　いちいちあんな派手な呪文を唱えなきゃ、今から魔術を使うなんてわかんないのに」

実際、アルはほぼ無言で魔術を使う。密偵《みってい》という仕事柄もありそうだが、この差はなんだろうか？　それに前回の遭遇《そうぐう》時も思ったことだが、この三人は連携《れんけい》というものを全くとらない。個々の力は強くても、あれではすぐに必殺技が封じられてただの人となる。だからすごい破壊力を持っているのに、戦いにすらならずに負けた。

――RPG《ロールプレイングゲーム》のキャラクターの方がよほど戦略的だよね。

花の疑問に、アルは肩を竦《すく》めた。

「仕方ない、この三人はそういうやり方しか知らないんだ」

「知らない？」

眉をひそめる花の前で、アルは凪いだ視線を三人に向ける。

「魔術師は派手な破壊力だけを求められて修行した。これこそが一流の魔術師だと言われてな」

「まぁ、確かに派手だね」

魔術師の呪文も炎の威力も、もしサーカスの見世物だったなら観客はどよめいたことだろう。

「戦士も神子《みこ》も一般人を威嚇《いかく》する術を教え込まれている。それは必ずしも戦闘力と同義ではない」

アルの言葉を、花は頭の中で整理する。

「むー……、見世物としての力だけを求められたってこと？」

「そうだ。大イノシシあたりのでくの坊なら楽勝だろうが、竜やコンに挑むには実力不足だな」

花の言葉にアルがあっさりと頷く。一般人には脅威《きょうい》に映っても、本当の戦闘職相手には話にならないということだろうか。

「それに自分たちに刃を向けるかもしれない者を野放しにする上層部ではない。首輪がついていない連中は、大した力を持たされないんだ」

あくまで、お飾りとしての戦力なのだそうだ。

——井の中の蛙《かわず》、か。

花にはなんだかこの三人が哀《あわ》れに思える。

こうして、勇者のお供との闘いは幕を閉じた。

余談だが、その日一瞬だけ魔法が使えなくなったという現象が、大陸全土で見られたそうだ。同時にその瞬間だけ、あちらこちらの国で、自分がどうしてここにいるのかわからないと言う人が続出したという。

行動不能になった三人は、近くの街まで連行して引き取ってもらうことにした。なにせ国内で旅人を襲《おそ》った暴漢だ。役人に取り締まってもらうのが一番である。

――放置するのもいろんな意味で怖いしね。

近くに三人が使っていた馬車が隠されていたので、それを使って街まで移動することになった。花が自転車を漕《こ》いで、アルが馬車を操《あやつ》り、ポン太はもしものために中で三人を見張っている。

そして、港町へたどり着いた。

「たのもーう！」

港町の入り口でいつものように一旦止められた花は、道中で馬車に転がる三人から襲《おそ》われたと話し、三人が聖王国の人間であることも告げた。

「こいつら、勇者の仲間じゃないか！」

馬車の中身を確認した男が驚いている。勇者一行はこの街でも顔を知られているらしい。

――ある意味、指名手配犯のようなものかも。

その指名手配犯を連れた花たちは、役人に事情聴取されることとなった。連れていかれた建物で、役人と向かい合って座る。花はポン太を抱えて座り、アルは何故か花の後ろに立つ。威圧感がすごいので、座ってやれと言いたい。

「名前は？」

「山田花、花子じゃないよ」

「……ヤマ・ダハナと」

ネタをやってみたのにツッコミがこない、この虚《むな》しさをどうしてくれよう。花ががっくりと項垂《うなだ》れていると、すぐに次の質問が飛んでくる。

「歳と職業は？」

「二十歳の旅の錬金術師です！」

ここで、役人ではなく後ろからツッコミが入った。

「……お前、意外と歳がいってるんだな」

アルの言い方が失礼だ。

「その言い方はレディによくない、若く見えるって言いなさい！」

アホな言い合いをする花とアルに、役人が胡乱《うろんげ》気な視線を向けた。

「で、そちらは？」

役人がいかにも怪しい覆面《ふくめん》男に話を振る。

「……錬金術師の連れだ」

それだけを言って沈黙したアルを、花は慌ててフォローする。

「お供その一とその二です！　ちなみに一がポン太、二がアルでよろしく！」

花はずずいとポン太を役人の眼前に押し出す。お供のランキングを伝えておかないと、今度はポン太が役人に喧嘩《けんか》を売ってしまうかもしれない。

「キュッ！」

ポン太が「よろしくしてやらぁ」とばかりに鳴いた。

役人は深い息を吐くと、聞き取りを続ける。

「それで本題だが、お前たちはどうして聖王国の者に襲《おそ》われたんだ？」

「えーと、話すと長いような短いような？」

魔王に興味が湧いたので会いに行こうかと思っていたら、たまたま勇者一行と行き会って絡まれたという話をざっくりとしてみせた。神がどうのという話を端折《はしょ》っただけで嘘は言っていない。話が多少前後しているけれど。

花の話を聞き終わった役人は、特別不審そうな顔をしなかった。

「最近噂《うわさ》の魔王様に興味を持って、会いたいと押し寄せる奴は多くいる。その中でも聖王国の者に絡まれたという被害はちょくちょく聞く」

「え、多いの？」

珍しくないような話しぶりに、花は驚く。

「ああ、先だっては何故か勇者が死の平原のこちら側の国を通過していったからな。それで被害が大きくなっている」

なんと、ここにもあの果物ナイフ事件の余波が出ていたとは。ついでに役人から聖王国の「勇者外交」について聞かされた。

「魔王退治だなんて、魔王の実態がわからずに怯《おび》えていた頃は周辺国にも有効だったが、今は時代遅れだな」

「なんでよ？」

そういえば花も勇者の噂《うわさ》は色々と聞いたが、魔王に関する噂《うわさ》はほとんど耳にしていない。役人は事情を知らない花に「錬金術師は世間知らずが多いしな」と妙な納得をして、教えてくれた。

「少し前まではここいらでも、聖王国が言いふらす魔王が信じられていた」

昔は魔族の中でちょっと力の強い奴が、勝手に魔王を名乗っていたらしい。そしてそいつらが死の平原を越えて人間の国にちょっかいを出すという事件が、たまに起きていたそうだ。

「だが最近、世界に認められた真の魔王が現れてな」

真の魔王とやらのおかげで自称魔王がいなくなり、事件が起きなくなった。それどころか魔族領から珍しい文化が流入して周辺地域が活性化しているのだとか。

「その魔王を討伐《とうばつ》など、とんでもない話だ」

「なるほどー」

勇者ごっこを国内でしてもらう分は勝手にどうぞと言えるが、それに周辺国を巻き込むのは迷惑だというわけだ。

――なんだかなぁ……

地球でも政治に宗教が絡むと面倒なことになる。それは異世界になっても変わらないようだ。

あの勇者のお供三人組は、この国から正式に聖王国に抗議をして、国を荒らしたことへの賠償金《ばいしょうきん》と引き換えに引き渡すことになるそうだ。

役人の取り調べが終わったところで、花は浜辺に家を作ってリゾート気分を楽しんだ。

――こっちが目的だからね！

勇者のお供のおかげでいらぬ時間をとられたが、これから先は遊びの時間だ。海で泳いだり、プカプカ浮いたり、魚を釣ったりと、二人と一匹はそれぞれ思い思いに海で遊ぶ。

夕食にバーベキューをしていると、通りかかった街の人も参加しての酒盛りとなった。陽気な港町の人に囲まれて静かに酒を飲むアルだったが、存外不快ではないようだった。

――これもワクワクの一つだよね！

ひたすらに国のために働いていたのだろう青年も、こうやって少しずつ、人生の楽しみを知っていくといい。

ふと横を見ると、バーベキューで食べすぎたポン太が、漫画のようなぽんぽこタヌキ腹だったので、スマホで記念撮影をした。

その後、夜もふけたので寝ようとしていると、玄関をノックする音が響いた。

「はーい？」

人が訪ねてくるなんて初めてのことなので、花はビビって声が震える。

「こちらはヤマダ・ハナ様のお宅で合っていますか？」

それは若い女の声だった。

「そうですけど？」

玄関を開けようとした花を、アルが押しとどめた。

「誰だ？」

扉越しに尋ねるアルに、答えが返ってくる。

「失礼しました。わたくしはレビーナと申しまして、魔王様の使いの者です。あなた様がなかなか来訪されないので、こうしてお迎えに参りました」

――え、魔王の使い⁉

想定外の客に、花はもちろん、アルも驚いていた。

「アル、入れてあげて」

花に促《うなが》され、アルが慎重に玄関を開ける。

玄関の向こうにいたのは漆黒《しっこく》の髪を腰まで伸ばした、色白の肌に金色の目の美しい女だった。

「魔族……」

アルが小さく漏《も》らす。

「夜分遅くに失礼します」

丁寧にお辞儀をしたレビーナは、静々と中に入ってきた。

「ま、座りなよ」

花はレビーナにテーブルのイスを勧める。

「で、私を迎えに来たって話だけど。魔王様とやらはそんなに、えーとアレなの？」

相手の気持ちを考えて「死にそう」という言葉を避けた花に、レビーナは深いため息をついた後、暗い顔で言った。

「わたくしたちがどんなに手を尽くしても、魔王様は日に日に弱りゆくばかり。魔王様を慕《した》う獣たちも、毎晩泣き暮れている次第です」

——毎晩夜泣きする獣って、ちょっと迷惑だな。

たまにポン太が寝言のように鳴くことがあるが、あれはビクッとして起きてしまうので心臓に悪い。

「どうすれば魔王様がお元気になってくださるのか、我々には皆目見当がつかず。大変困っていた時、お告げがあったのです」

なんでも「世界が遣わした者が魔王を救うだろう」と書かれた手紙が現れたのだとか。

——ああー、あの便箋《びんせん》ね。

花のもとだけでなく、魔王のもとにも神の便箋《びんせん》は現れたらしい。

「今か今かと待てども、かの方は来ず、魔王様の状態はひどくなるばかり。居ても立ってもおられず、探しに参りました。案外近くで捕まり、ホッとしております」

そう言ってレビーナは微笑を浮かべた。

「急ぎじゃないんじゃなかったのか？」

アルがジト目で花を見る。

「あれぇ？」

花は首を傾げた。

——死にそうって、リアルに死にそうって意味だった？

花は「お腹が空《す》きすぎて死にそう」などとよく使うので、そういった意味での「死にそう」だと捉《とら》えていた。本気の意味だったら、具体的な症状などを記しているだろうと考えたのだ。でないと、花は医者ではないので、死にそうになっている人を救うことなんてできないのだから。

——ま、考えても仕方ないよね！

「もう二、三日海で遊びたかったけど、しょうがないなぁ」

こうして、魔族領へ急行することとなった。

第五章　勇者と魔王

花は現在、空を飛んでいる。悠長《ゆうちょう》に地面を進む時間も惜しいとのことで、魔族領まで飛竜での旅となったのだ。

花は飛竜の背中に自転車を括り付け、ポン太を抱えて乗っていた。他に飛竜の運転手と、アルとレビーナの三人が乗れば、大きな飛竜の背中はぎゅうぎゅうだ。眼下の海の景色は次第に遠ざかり、山脈が近付いてくる。そしてその向こうが死の平原だ。

飛竜が山脈に差しかかったところで、花の視界にあるものが飛び込んできた。

「なにあれ！」

石造りの立派な道が、山脈を削るようにして通っているのだ。

「あれが、魔族領への唯一の安全な道です」

レビーナが教えてくれた。

「へえ、あれが……」

――長い道っていうか、橋？

なんとなく万里《ばんり》の長城《ちょうじょう》を思わせる道である。あの道には魔王の力が込められており、歩いていても魔素が狂わないのだそうだ。

「あれを作ったのは、二代前の魔王様です。あの道ができるまで、抜け道のない海側の山脈を越えるのは一苦労でして、遠回りを余儀《よぎ》なくされていました」

レビーナが誇らしそうに説明してくれた。

――その魔王様って地球の人かもね。

それもアジア圏の人だろう。

眼下は長い長い道以外、ひたすらに草原が広がっている。その退屈な景色を眺めていた花に、レビーナが言った。

「この死の平原も、千年前は生き物が暮らす普通の草原だったと言われています」

驚きの情報に、花のみならずアルも目を見開く。

「そうなの？　じゃあ小さな虫とか鳥とかもいたんだ？」

「ええ、そう伝わっています」

千年前は、死の平原なんていう呪わしい呼び方をされていなかったそうだ。

「では、何故この状態になった？」

アルが心底不思議そうに尋ねる。

「魔王様が不在だったせいです」

すると、レビーナが悲しそうに言った。

「魔王様は世界の魔素を正しく循環させるために欠かせない存在。魔王様がいるからこそ、人は生きていられるのです」

だが先代魔王の力が衰《おとろ》えると魔素の循環が滞《とどこお》り、亡くなった後から現魔王が現れるまでの六百年以上の空白の間に完全に停滞してしまったのだとか。

「魔王様の不在もあって、この世界は魔素が薄い地域と濃い地域に分断されてしまいました。人間の中にはほとんど魔素がない子供が生まれると聞きます。魔素が偏《かたよ》ったせいでしょうね」

レビーナの言葉に、花は考える。

――なんか魔王ってエアコンみたいね。

エアコンが古くなると、ものすごく寒いエリアと全くエアコンの恩恵に与《あずか》れないエリアに分かれてしまうことがあるが、あれと似たようなものだろうか？

「魔族領は世界の中心、魔素の流れの中心。この場を守ることこそが、魔王様に仕える魔族の役割なのです」

新たに魔王を迎えたことで魔素の循環がはじまった。この草原も時が経てば普通の草原になるだろうと、レビーナは言う。

――聖王国の言い分と、だいぶ違うね。

花とてあちらの意見を信じていたわけではないが、魔王とは世界の覇者的な存在かと思っていた。それがなんと、魔素循環システムの一部だとは。

レビーナの驚愕《きょうがく》発言はさらに続く。

「勇者もそうです。今はおかしな風に言われていますが、本来は濃い魔素にあてられて変質したものを退治する役割を負う存在でした」

濃い魔素が大地に宿れば死の平原と同様の土地になり、人や獣に宿れば強力な魔力を得る代わりに精神に歪《ゆが》みが生まれるという。酷い場合には死ぬまで戦いをやめない狂戦士と化すそうだ。

――魔素、怖っ！

花が思わずポン太をぎゅっと抱きしめると、力を籠《こ》めすぎたらしく抗議の鳴き声が返ってくる。

アルが一番衝撃を受けているのか、考え込む様子を見せた。

やがて飛竜が広大な草原を越え、中央に位置する山地へと入ろうかという時、アルが思い出したように花を振り向いた。

「ハナ、守りの魔術をどうにかしろ。でないと魔族領の結界が消し飛ぶぞ」

「あ、やばい！」

アルに指摘されて、花もその可能性に思い至った。

「消えろ！」

ペンのボタンを押すとローブが光る。一応確認したところ、ローブの内側に「状態異常無効」と「魔法消去」の文字が戻っていた。

これを見ていたレビーナが目を見開く。

「強い力を感じましたが、いまのは？」

「あ、えーと……」

花がどう説明しようかと迷っていると、アルが口を挟んだ。

「ハナの錬金術だ。ただし、俺もハナ以外がこんなデタラメな術を使っているのを見たことがない」

「ははは……」

デタラメと言われたが、花もそう思うので反論しようがない。結界を越えたところで、改めてローブに守りをかけ直した。

そんなことがあったしばらく後、花たちはとうとう魔王城へ到着した。

「もう着いちゃったよ」

花はあれだけ苦労して越えた草原と山脈を、ものの数時間で通過してしまったことに、なんだか複雑な気持ちになる。

街並みの真ん中にある城を見て、花は首を傾げた。

――魔王城っていうイメージじゃないな。

アルベラ国でも思ったように建物がアジア的というか、中華風だ。旅行パンフレットで見た中国の紫禁城《しきんじょう》を連想させる。

なんにせよ魔王城到着祝いということで、花は上空からしっかりとスマホで記念撮影をさせてもらう。

「……前から思っていたのだが、それはなにをしているんだ？」

アルが後ろからスマホを覗き込んできたので、今撮《と》った写真を見せてやる。

「旅の記念撮影だよ」

「記念撮影って、どこに道具を持っているんだ？」

花は疑問顔のアルにスマホを向け、一枚撮《と》った。

「ほら、アルの写真」

自分の顔のアップが映っているスマホの画面に、アルは目を丸くしている。

「こんな小さな道具で撮影ができるのか！」

アルの話によると、この世界にも撮影技術はあるが、器材がすごく大がかりなものらしい。

「まあ、魔族領での写真よりも精巧ですこと」

同じくスマホを覗き込んだレビーナも驚いていた。

魔王城に差しかかれば、飛竜は高度を下げて降りていく。やがて広い場所に着地すると、どこからかわらわらと人が出てきた。

「レビーナ様、お帰りなさいませ」

「いらっしゃいませ、お客人」

黒髪金目の集団が飛竜から降りた花を出迎える。アル曰《いわ》く、この黒髪金目が魔族の特徴だそうだ。

彼らの服装はやはりアジア的というか、チャイナ服に似た格好をしていた。

「魔王様はどこに？」

レビーナが出迎えの集団に尋ねる。

「私室でございます」

その答えを聞いたレビーナの案内で、花たちは早速魔王のもとへと連れていかれる。

紫禁城《しきんじょう》風な魔王城の廊下を黙って歩くこと数分。

「ミューミュー！」

「ギャアギャア！」

「アオーン！」

建物の奥から妙な音が聞こえてきた。というより、ぶっちゃけ動物の鳴き声だ。

「……なんか、騒がしいんだけど？」

なんというか、動物園みたいだった。

「魔王様がいらっしゃる証拠です」

鳴き声に動じないレビーナがそのまま進む。

「こちらです」

立ち止まったレビーナがとあるドアを示した。

「……えっとぉ？」

そのドアの前に、大きな犬っぽいのとか、顔が凶悪なでっかい猫とか、こいつグリフォンかよとかいうものたちの他、とにかく色々な種類の大きな獣たちがいる。ずっと聞こえている鳴き声はこれが原因らしい。

「キュキュー！」

ポン太が「なにしてんだよお前ら」と言わんばかりの声を上げると、獣たちが一斉にこちらを向く。ちょっとビビる光景だ。

「どれも怒らせたら街が一つ消滅するレベルの獣だぞ」

背後にいるアルが、ボソリと恐ろしいことを言う。

「この獣たちは、大きくて部屋に入れてもらえなかったのです」

レビーナがパンパン！　と手を叩くと、獣たちはザッとドアへの道をあけた。

「どうぞ」

レビーナに促《うなが》され、花はドアをくぐる。

「おじゃましまーす……」

部屋の中はホテルのスイートルームのような内装だが、人がいる様子はない。その代わりと言ってはなんだが部屋の隅に何故か、犬やら猫やら鳥やらの小さめの獣が集まってこんもりと小山を作っている。そして、やはりうるさい。

——誰もいないんだけど？

困惑する花をよそに、レビーナが言った。

「ああ、魔王様がいらっしゃいました」

「え、いらっしゃったの？」

花が「どこに？」と目を凝《こ》らしていると……

「ワンワン！」

「ニャーニャ！」

「ピィピィ！」

「……違うもん、こんなの引き籠《こ》もりじゃないもん、もっと狭くてなんでも手が届く部屋がいいんだもん……」

獣たちの鳴き声に混じって、嗚咽《おえつ》混じりの声が花の耳に届いた。

――え、あの中に人がいるの？

花は恐る恐る獣団子に近付く。

「おーい、魔王様？」

「キュー！」

花が声をかけると同時にポン太が鳴いた。すると獣たちがビクッとして振り向き、ようやくその中にいた存在が花の視界に入る。

「え、なに？」

驚きの声を上げたのは、日本人的な黒髪黒目に、学校指定っぽいデザインの緑ジャージを着た人物。

「こちらが魔王様です」

レビーナが紹介したので、花も名乗った。

「どうも、日本から来た山田花です」

「え、そこは花子じゃないの？」

すると、花の自己紹介に突っ込みが入る。

――日本人確定！

こうして花は、異世界で同郷人を見つけたのだった。

場所を移して改めて話をすることになり、来客をもてなすための部屋に通された。花と魔王が向かい合わせに座り、アルとレビーナがそれぞれの背後に立ち、ポン太は何故か花の膝の上に乗っている。

「どうも、高橋勉《たかはしつとむ》、十六歳です」

自己紹介をしてもらったところ、魔王はまだ少年だった。しかも二年前にこの世界にやって来た時は中学生だったらしい。よくよく話を聞くと、魔王も花と同じくバランス調整でこの世界に放り込まれたという。なにより難儀なのが、この世界に来る前は重度の引き籠《こ》もりゲーマーだったのだとか。

——うん、そうなのかなって思ったよ。

相変わらずの学校ジャージ姿を見て、花は納得する。魔族たちは魔王の格好に、異世界の服だからと疑問を抱かずにいてくれたので、このスタイルを通しているそうだ。当然来たばかりの時はワンセットしかなかったジャージだったが、魔族が着替えを作ってくれたとのこと。素材もできる限りオリジナルに近いものを開発し、デザインも研究したそうだ。

「おかげで快適です」

レビーナが用意したお茶を飲んで、魔王が微笑む。絶対に権力の使い方を間違っている気がする花だった。

「で？　なんか死にそうだって言われて助けに来たんだけどさぁ。死にそうにないじゃん、元気そうじゃんか」

ズズッと行儀悪くお茶をすすって言う花に、魔王がぐぐっと前のめりになった。

「いいえ死にそうですっ！　僕もう毎日毎日嫌になっちゃうよ！」

魔王は鉄板で焼かれているたい焼きみたいなことを叫んで、メソメソと泣き出す。すると周りにいた獣たちが、わっと集まって魔王を包む。

――なんだろう、この一連の作業は？

首を傾げる花の膝の上で、何故かポン太は全身の毛をぶわっと逆立たせている。

「神様とやらに平謝りされましたけど、謝られてもしょうがないっていうか、謝るくらいならやめてくれって言ったんですけど……」

グズグズと愚痴《ぐち》る魔王に、花は待ったをかけた。

「え、高橋くんは神様に会ったの!?」

自分には手紙だけだったというのに、なんだろうかこの対応の違いは。

――魔王に時間を取りすぎて面倒になって、私への対応が塩対応になったんじゃないでしょうね？

被害妄想かもしれないが、魔王を見る目がジト目になってしまうのはしょうがないと思う。

「そうなんです。それでも仕方なくこの世界に来たら、なんかたくさん人がいるし、家は広すぎるし、僕はどこに引き籠《こ》もればいいんですか！」

いきなり魔王だと言われ、広いお城というかお屋敷があなたの住まいですと言われ、引き籠《こ》もろうにも引き籠《こ》もるにふさわしい部屋もない。

「引き籠《こ》もるって言うけど、魔王の仕事とかはないの？」

「そんなのないですよ。魔王は特になにをする必要もなくて、ここにいるだけで世界の魔力が綺麗になるって言われました」

本気でエアコン役らしい。そこにいるだけの仕事とはなんだか暇そうだ。魔王曰《いわ》く、実際にそうなので、ならばせめて一人の時間を満喫《まんきつ》しようとしても、この世界には魔王のストレス発散アイテムであるゲームがないのだとか。

「スマホは持ってこられなかったの？」

花も休日の暇潰しに、スマホを大活躍させている。魔王はこれを聞いて暗い顔をした。

「……引き籠《こ》もりに、スマホは悪なんですよ」

外部情報を遮断《しゃだん》するため、ネット環境を捨てて生活をしていたそうだ。なので流行《はや》りのネットゲームは未経験で、レトロゲームを好むという。

「僕はどうやって生きていけばいいのか……」

「ワンワン！」

「ニャーニャ！」

「ピイピイ！」

魔王が愚痴《ぐち》り出すと、獣たちも騒ぎ出す。

「ねえ、ちょっとこの子たちうるさいんだけど」

「やめろ、そいつらもそこそこ凶悪な獣だぞ」

花が後ろのアルにコソコソ言うと、アルが渋い顔で返してきた。それにしても、どうしてポン太は相変わらず緊張しているのだろうか？

「あ、すみません。僕は慣れたけどどうるさいですよね。神様からモフモフにひたすら愛される能力を貰っちゃって」

「なにそれ！　私そっちがよかった！」

魔王の謝罪が自慢に聞こえるのは、仕方がないことだろう。

「私なんてペン一本だよ！」

「え、ペンですか？」

魔王が意味がわからないという顔をしたので、花はペンを見せて説明することにした。アルもペンについての詳しい説明を初めて聞くので、興味があるらしく耳を澄《す》ましている。

「……というわけで、絵が壊滅的に下手な私にはハードルが高いシロモノなのよ！」

しかし、聞き終わった魔王は涙目だ。

「いいな！　僕そっちがよかった！」

どうやら魔王は絵にはそこそこ自信があるのだとか。引き籠《こ》もりになる前は、漫画研究会に所属していたそうだ。

——神様、絶対能力のチョイスを間違ったよ！

一瞬、神を呪いたくなった花だったが、ここまでこのペンに助けられてきたのも事実だ。やはり呪うのはやめて、ちょっと愚痴《ぐち》るだけに留めておくことにした。

それにしても、モフモフに愛される能力とは。

――ポン太が緊張しているのは、魔王の能力のせいかな？

獣だけが嗅《か》ぎ取れるフェロモン的なものが、魔王から出ているのかもしれない。ポン太は今では花のローブの中に潜《もぐ》り込んでしまっている。ローブには状態異常無効の効果が付いているので、魔王の魅力から逃れられるのだろう。

「そのタヌキは山田さんのペット？　異世界にもタヌキっているんだ」

「そう、私のペット！　すごく強いのよ！」

「キュ！」

花の自慢が聞こえたのか、ポン太がローブの隙間から顔だけ出す。なんだか間抜け可愛い絵面《えづら》だ。

色々と話をしたが、ここまで聞いて、何故神が花に「魔王を助けろ」なんて頼んできたのか理解できた。魔王が引き籠《こ》もれる環境を作ってやれと言いたいのだろう。

「で、なにが欲しいの？」

ズバリと尋ねた花に、魔王がキラキラした目で答えた。

「ゲーム！　僕、ゲーム機が欲しいです！」

そうだろうと思っていた花は、「うーん」と考え込んだ。

「……難しい、ですかね？」

眉間に皺《しわ》を寄せて悩む花を見ておずおずと聞く魔王に、花は重々しく頷いた。

「私の画力が難しい」

機械系の物体は構造が複雑すぎる。世界の優しさに縋《すが》るにしても、絵には完成度の高さが必要だろう。

――全くできる気がしないな！

神の見る経歴書にすら載っているという、画伯という称号は伊達《だて》ではない。

「あの、僕が描くというのは駄目なんですかね？」

魔王の提案に、花はまたもや頷く。

「このペン、私にしか使えないから」

花も以前、試しにアルに絵を描かせようとしたが、インクが出なかった。正真正銘、花にしか使えないペンなのだ。「うーん」と魔王と二人で悩んでいると……

「そちらが描いた絵を、ハナが写すという手は？」

煮詰まっている様子を眺めていたアルが、後ろから提案してきた。

「写す？」

考えてもみなかった方法に、花は目を瞬《しばた》かせる。

この案を聞いた魔王がポンと手を打つ。

「描くのがどこでもいいんだったら、僕が描いた絵をガラス板の上からなぞるっていうのは？」

「……おぉ!?」

魔王から名案が出たところで、早速実行だ。

まずはゲーム機選びからはじめるものの、ここにも問題が浮上してきた。普通のゲーム機は本体だけでは遊べず、ゲームソフトが必須なのだ。だが魔王は、それをカバーできるゲーム機を知っているという。

そして魔王が描いたものは――

「あー思い出した、昔のゲームの復刻版だっけ？」

赤と白のカラーリングの懐かしいゲーム機の絵に、花はポンと手を叩く。

「そう！　僕、お小遣いを貯めて買いましたもん！」

魔王が鼻息荒く胸を張った。漫画研究会所属の経歴は伊達《だて》ではないようで、描かれた絵は立体的で、影までつけてある。

「おお、すごいリアル！」

花は感動すると同時に、これを上手く写せるのかという疑問が浮かぶ。

そして携帯ゲームでない以上、テレビ画面も必要だ。これも魔王が、何故かレトロなブラウン管テレビを描いた。花がその点を指摘すると。

「レトロゲーム機にはブラウン管でしょう！」

魔王から鼻の穴を膨らませて主張された。

ついでに部屋が広すぎるという魔王のため、私室の中に六畳程度の和室を作ることにした。こちらは四角に「和室」と書くだけの簡単設計だ。

次に魔王の絵を写す作業に入ったのだが、これが大変だった。花は普通に写しているつもりなのに、後ろのアルから指導が飛んでくるのだ。

「待て、線が歪《ゆが》みすぎだろう。書き直せ」

「えー、このくらいはご愛敬じゃん？」

「それで済ませるから、お前の絵は上達しないんだろうが」

意外と育ちがいいのか、アルは覆面男《ふくめん》のくせに芸術に厳しい。

とにかく、何度も書き直した末にようやく絵が描き上がった。立派なゲーム機とテレビの絵に、花は写しとはいえ自分が描いたとは信じられない。

ここまでくれば後は実体化させるだけだ。花はペンのボタンを押す。

「カモン、ゲーム機にテレビに和室！」

カーン、カーン、カーン！

鐘が三つ鳴って、光と共にゲーム機とテレビと和室ができた。

「これは……」

「見たことのない能力だ」

居合わせた魔族が驚いている。花は正直パーフェクトがくるかと身構えていたのだが、他人の絵を写したので手抜きとみなされ、パーフェクトは逃したようだ。

一方、魔王は感涙していた。

「これです、これこそ引き籠《こ》もり部屋です！」

魔王が飛び跳ねて喜びを表すと、周りの獣たちが遠吠えをはじめた。かなりうるさい。

「まあ、魔王様があんなに嬉しそう……」

見守るレビーナが目に涙をにじませる。

ちなみにゲーム機もテレビも電化製品であるのだが、和室に最初から付いていたコンセントにコードを差し込めば普通についた。これも異世界仕様になっているらしい。


魔王の引き籠《こ》もり部屋ができた後。

花は今夜の宿としていつものように外で家を作ろうとしたが、レビーナから魔王城に滞在するように勧められた。

「ここに泊まるの？」

「ええ、ぜひ。魔王様の恩人ですから」

レビーナに案内されたのは、魔王の私室と変わらない豪華な部屋だ。アルにも隣に部屋が与えられている。ちなみにポン太は一応自衛のため、花の部屋に入れた。

――なんか、高橋くんの気持ちがちょっとわかるな。

庶民は部屋が広すぎると、どこにいればいいのかわからなくなるのだ。自然と窓際に置いてある小さなテーブルセットに居座ることとなる。思えば、異世界で自宅以外に泊まるのは初めてだ。

慣れない部屋が落ち着かないので、ポン太を連れて隣のアルの様子を見にいく。すると、アルは堂々と広いソファーセットで寛《くつろ》いでいた。

「どうした？　落ち着かないので出てきたなどと言うのではないだろうな」

ポカンとした顔の花を見るアルは、覆面男《ふくめん》のくせに妙に豪華な部屋が似合っているのが少々ムカつく。花もフカフカソファーに思いっきり体重をかけて座ってやると、埋もれそうになった。

するとと、アルがボソリと呟く。

「こういう場合は困るな」

「なんでさ？」

なにが困るのかと首を傾げる花に、アルが本当に困ったように言う。

「『お帰り』を言うタイミングが難しい」

「……」

真剣な表情でのセリフに、花は笑おうとして失敗した。

――まったく、真面目なんだから。

元密偵《みってい》で、博識でなんでもできるのに自分の感情には鈍《にぶ》いアルだが、大切なポイントは押さえてくる。花にはできすぎた旅の仲間だ。

「あれは主に玄関先で言うものだけど、家族とか仲間とか大切な人を出迎える言葉だから、どこで使ってもいいの！」

「……家族」

花の説明に、アルが目を閉じる。

――「ただいま」や「お帰り」を言ってくれる家族が、今までいなかったのかな？

アルの家族関係については聞いたことがないものの、密偵《みってい》なんて仕事をしていたのだから色々と察することはできる。

「ではお帰り、ハナ」

「うん、ただいま」

今更な挨拶《あいさつ》だが、花も今度はちゃんと笑って返す。ちょっと目元がウルウルしていたのは、たぶん膝の上のポン太くらいしか見ていないはずだ。

今度は花が呟いた。

「そういえば、ちっとも驚かないんだね」

「なにがだ？」

視線を向けるアルに、花は続ける。

「私が異世界から来たっていう話」

するとアルは「ああ、それか」と相槌を打つ。

「驚いているとも、俺がまさか異世界人に会うとは」

「異世界という話自体には、驚かないの？」

花の疑問にアルは頷いた。

「かつて世界に求められた勇者や魔王は、界を越えて来たという文言《もんごん》が文献に残っているんだ。ゆえに彼らは異世界人だろうという見解がなされている」

異世界人という存在は昔から認知されていたらしい。

「もしかしてという疑惑はずっとあった。ハナは見たことのない力を使う上に、あまりに無知すぎる。それに死の平原に住むだなんて、この世界の人間にできることではない。あの山脈を越える亀《き》裂《れつ》も、ハナの仕業《しわざ》か？」

「仕業《しわざ》だなんて人聞きの悪い、事故だからね、あれは！」

「キュー？」

ポン太も疑わしそうに鳴くのはやめてほしい。

そうこうするうちに夜になり、ささやかながら歓迎と感謝のパーティーを開くとレビーナに言われた。

「料理人が張り切っておりますので、楽しみにしておいてください」

そう言われ、花はパーティーのためのチャイナ服を貰う。無地のシンプルなもので、普段着飾ることのない花にも抵抗のないデザインだ。

——異世界で初チャイナ服！

テンションが上がった花だったが、問題が発生する。同様にチャイナ服を用意されたアルが、着飾るのを拒《こば》んだのだ。覆面《ふくめん》を取るように言われたためである。

「護衛の方なのでしょうが、その覆面《ふくめん》を取ってもいいのでは？」

「ならば俺は不参加だ。ハナだけいればいいだろう」

頑《かたく》ななアルにレビーナが困った様子を見せ、後ろに控える若い魔族の男はムッとした顔をする。

花個人としては、パーティーに出たくないなら休んでもらっていて一向に構わない。

「じゃあ、部屋で寝とく？」

なのでアルにそう提案した。チャイナ服にも守りを仕込むし、護衛だったらポン太を連れていけば十分だ。

――それに、あの覆面《ふくめん》には理由があることくらい、とっくに気付いてるって。

アルは出会った時からずっと覆面《ふくめん》姿だ。きっと顔を見られなくないのだろう。

「そうさせてもらおう」

アルもこの提案に頷く。

だが、若い男がアルの言動に怒った。

「貴様、レビーナ様の厚意をなんだと心得る！」

「客人に対して失礼ですよ」

レビーナが窘《たしな》めるものの、彼の怒りは収まる様子がない。

「そもそも、魔王様の前でも顔を隠すとは無礼だ！」

それどころか覆面《ふくめん》を剥《は》ぎ取ろうと動く男だが、捕まるアルではない。空間を歪《ゆが》めて即座に離れた場所へ移動する。逃げられた若い男は悔しそうに歯ぎしりをした。

「妙に頑《かたく》なだが、見られて困ることでもあるのか!?」

「……」

激する彼に、アルが沈黙する。

「怪しい者め、聖王国の回し者かもしれない！」

「いい加減になさい！」

若い男の物言いに、さすがにレビーナが怒った。

――見た目が怪しいってのは、否定できないよね。

彼は決して見当違いなことを言っているわけではないので、花としてもフォローが難しい。若い男は引っ込みがつかなくなったのか、いくらレビーナに怒られても発言を撤回しようとはしなかった。

花がどうやってこの場を収めようかと考えていると――

「……いいだろう。それほど望むのなら見せてやる」

アルが唸《うな》るように告げた直後、覆面《ふくめん》を毟《むし》り取った。その下には当然、あの美形顔があるだけだ。

「……っ！」

だが、魔族側が息を呑んだ。

――なに、この反応？

「聖王国の、王族⁉」

レビーナが思わずといった様子で叫んだ。

――え、王族ってなにさ？

場の流れに一人ついていけない花に、アルが静かに言った。

「ハナは知らなかったようだが、金の髪と青の目は聖王国の王族の特徴だ」

「そうなの⁉」

思い返してみれば、異世界に来て、アル以外には金髪も青い目も見ていない。皆、髪も目もだいたい茶色だった。

──人種が違うのかな、くらいにしか思わなかった！

さらに、レビーナが驚くべきことを述べる。

「……その顔、国主会合で見た聖王国の現王に瓜二つです」

「俺は従兄弟《いとこ》とそっくりらしいからな」

レビーナの言葉に、アルがなんてことないと言わんばかりの調子で返す。

「まさか、政争に敗れた一族の末王子!?」

「マジで!?　じゃあ本物の王子様!?」

花はもはや驚くことしかできない。以前抱いた王子様顔という感想は、的《まと》を射《い》ていたわけだ。

この状況に、若い男が勝ち誇った顔をした。

「ほら見ろ！　では、この錬金術師もあの国の密偵《みってい》か!?」

「おやめなさい！　ヤマダ様は魔王様を助けてくださったのですよ！」

矛先を花に向けた彼にレビーナが怒るが、効果はない。

「あのねー、敵だったらなんでわざわざ高橋くんを助けに来るのよ？」

「それも作戦の内かもしれない！」

彼はなにがなんでも花たちを悪者にしたいようだ。

この調子で話は平行線となり険悪なムードが漂《ただよ》ったので、レビーナは若い男を連れて一旦退室した。そして外にいた兵士らしき人たちに、彼を連れていくように指示する。

「レビーナ様！」

若い男が叫んでいるものの、レビーナは完全無視だ。彼は自分のことしか見えていない様子だが、レビーナの面子《メンツ》を潰したのだから優しい対応はできないだろう。

「本当に申し訳ございません。まさかあの者があのような発言をするとは」

戻ってきたレビーナが深々と頭を下げて、花たちに謝罪をする。

そこで聞いたところ、彼は魔王の世話をしている一人だそうだ。それも魔王の引き籠《こ》もり問題に頭を悩ませていた時に、突然現れた花があっさり解決したことを喜べず、仕事の邪魔をされたと不満を抱いていたのだとか。

――仕事を手伝ってもらっても、「自分だってそのくらいできた」とかって逆切れするタイプか。

どこの職場にも、こういう人間が一人はいる。

「非常に好感が持てる方だということを知ってもらおうと、連れてきていたのに……」

気遣いが仇《あだ》になったと、レビーナは嘆《なげ》く。

「あなたは魔王様と同じく世界に導かれたお方。それにあの博識なコンを連れているなら、聖王国の惑《まど》わしに引っかかりはしないでしょうに。若いあの者にはそのことがわからないのです」

アルもそうだが、レビーナもやたらとポン太を高く評価している。確かに花もポン太をアテにしているところはあるが、なんとも人徳のあるタヌキだ。凶暴なのに。

この件がきっかけで魔族側がピリピリムードになったため、せっかく準備されていた歓迎パーテイーは中止となった。敵国の王族がいる中で呑気《のんき》にしていられないそうだ。あの連れていかれた若い男が、怒られたにもかかわらず言いふらしたのだとか。

——周りが見えていないなぁ。

自分で出世の道を絶ったことに、彼はいつ気付くだろうか？

けれど作られていた料理は、魔王の進言で花の部屋に運ばれた。チャイナ服のままの花は、アルを呼んで向かい合わせに座る。ポン太は花の足元だ。

そして目の前のテーブルには、所狭しと料理の皿が並んでいる。

——満漢全席《まんがんぜんせき》みたいなんだけど。

中華料理で、何日もかけて食べるというアレである。きっと食べきれない分は、後でスタッフが美味《おい》しくいただくのだろう。

アルも素性が知られたせいで覆面《ふくめん》をする意味がなくなったので、せがんでチャイナ服姿になってもらった。純粋に美形のチャイナ姿が見たかったのだ。思った通り、美形はなにを着ても様《さま》になる。お遊戯《ゆうぎ》会の衣装みたいになっている花とは大違いだ。

花はアルが箸をうまく使って料理をとりわける姿を、じっと見る。

——言われてみれば、確かに仕草がいちいち上品なんだよね。

恐らく生まれた環境でこうなったのだろう。

「アルは王子様ってことは、本当はもっと長ったらしい名前なの？」

花は素朴《そぼく》な疑問をぶつけてみた。

「……親から貰った名はアルフレッドだが、この名で呼ぶ者はいないな。今の俺は密偵《みってい》のアルだから」

アルがボソボソとした声で答える。無視をされなかったので、花は続けて聞く。

「アルは王子様なのに、どうして密偵《みってい》をしていたの？」

「勢力争いに負けた側の王族だからだ」

先程レビーナがそんなことを言っていたが、本当だったらしい。

「負けた王族には、逆らえないように服従の魔術が科される。俺がこの魔術を受けたのは物心つく前の話だから、今の環境に特別な思いを抱いたことはない。両親には死ぬまで謝られたがな」

アルが自嘲《じちょう》するみたいに口元を歪《ゆが》める。

「本来なら生涯軟禁《なんきん》される身の上だが、俺に魔術の才能が見つかり対応が変わった。それも珍しい闇魔術だ。この力を脅威《きょうい》に思われたのか、科された魔術がより強力なものとなった」

それほどまでにアルを縛っていた魔術なのに、全て花が消してしまったわけだ。

――怒り狂っただろうな、聖王国。

アルを殺さずに生かしておいたのは、使い道があったからだろう。王である従兄弟《いとこ》にそっくりだという話からすると、危ない時には影武者をさせられていたのかもしれない。

「いつか無様な死に様を晒《さら》すのだろうと思っていたら、ハナに拾われた」

アルは顔を上げて花を見た。

「俺など捨て置け」

「アル……」

やけになっているようなアルの言い方に、花は眉をひそめる。

「ハナだけならば魔王と同郷の人間だ。魔族領で特別待遇を得て生活に困ることもないし、聖王国とのほとぼりが冷めるまで滞在してもいい」

他人事だといわんばかりの調子で話すアルに、花はムッとする。

「私にアルを見捨てろって？　それこそ今後のご飯が美味《おい》しく食べられなくなるじゃないの」

「くだらない同情はやめろ」

「同情のなにがいけないの？」

拒絶するアルを、花は真っ直ぐに見据えた。相手の方が大人なはずが、何故だか弟に説教している気分だ。

不幸な身の上話を聞けば可哀相に感じるし、知り合いが病気になったと聞けばなんとなく気分が暗くなるし、世界のどこかで人が飢《う》えて死んでいると聞けば、食べ物を大事にしようと思う。

そしてアルのように自分を大事にできない人と接すれば、もっと自分を大事にしてほしいと思う。

「せっかく知り合ったんだから。それなりにハッピーエンドになってくれなくちゃ、気分が悪いじゃない」

花はテレビのニュースの不幸話は聞き流せるが、隣にいる人の不幸話は聞き流せない性格だ。

——それにアルは、この世界で初めて「お帰り」って言ってくれた人だもの。

最初は「意味がわからん」と言っていたのに、ずっと律儀に言ってくれる。せめてその気持ちと同じだけでも、アルに返してあげたい。花は席を立つと、テーブルを周ってアルの隣に立った。

「ここへは人に頼まれて来ただけよ。特別待遇が欲しかったわけじゃない。それに旅暮らしってのを案外気に入っているのよね。世界中を巡っていつか旅行記を出すのも、楽しそうじゃない？」

ニンマリ笑う花に、アルが謎の生き物を見るような目を向ける。

「同郷の者の保護を受けた方が、楽に生きられるんだぞ？」

アルが「選択を間違えるな」と語る。

けれど――

「アル、私はどこでだって生きていけるの。日本でだって異世界でだって」

異世界の誰もいない草原に一人放り出された時、とにかく食料確保にがむしゃらになったし、周辺地理確認のためひたすら自転車を漕《こ》いだ。あんなに生きるのに必死になったのは、二十年の人生で初めてだ。

――私ってこんなに生きるのに貪欲《どんよく》だったんだ、って思ったね。

話し相手はタヌキだけという環境で、不思議と生きることに絶望したりはしなかった。毎夜、「明日はなにか変わったことがあるといいな」と願いながら眠ったものだ。

日本で毎日決まったタイムスケジュールに沿って動いていた頃。サラリーマン家庭に生まれ、時代に流されるように働くことが普通の人生だと思っていた。あの頃に比べて、今の花は笑ってしまうほど毎日を一生懸命に生きている。この波瀾万丈《はらんばんじょう》な生活が、異世界での花の普通の暮らしだ。今更城に閉じ込められては、息が詰まってしまいそうではないか。

胸を張る花に、アルは無言だ。

「美味《おい》しいご飯探しは楽しいし、ペットは凶暴だけど可愛いし、頼もしい仲間だってここにいるじゃんか」

花はアルの胸元をポンと叩いた。

「……」

アルが途方に暮れたような顔をしている。

どの世界のどこにだって、嫌なことはあるし、気が合わない人は必ずいるだろう。けれど、どの世界のどこにだって、優しいことや楽しいことがあって、気の合う人はきっといる。

敵もいれば味方もいる。それが世界というものだ。

「アルだって、聖王国でなくても生きていける。そうでしょう？」

アルのこれまでの人生になかったものは、これからの人生で探しに行けばいい。楽しまなければ損。だってお互いに先はまだまだ長い、一度きりの人生なのだから。

「……ハナは、変わっているな」

「そう？　褒《ほ》め言葉ととっておくね」

ニコリと笑った花に、アルが苦笑した。

テーブルの下で、ポン太が「シシシッ」と笑っているような鳴き声を上げる。

この時、実は部屋の外に、たくさんの獣たちに囲まれたジャージ姿の魔王がいた。自分をじっと見つめる獣たちに静かにするように言い聞かせながら、体育座りをしている。

魔王は大きく息を吐くと、耳を澄《す》ませるのをやめた。

「部下が失礼を言ったって謝ろうかと思ったけど、今はやめとこう」

花の「どこでだって生きていける」という言葉は、彼にも響いていた。

この世界に来る前から、魔王は周りが怖かった。神様に呼ばれて異世界にやって来て、それなりに頑張ろうとしたけれど、やっぱり怖かった。

でも、だったら怖くない場所を探してみればいいのかもしれない。花を見ていてそう思えたのだ。

――神様が山田さんを呼んでくれたのは、こういうことなのかも。

優等生でいようとか、魔王らしくいようとか、妙なことを頑張るからいけないのかもしれない。

「……行こう、みんな」

「クゥーン……」

「ニャア……」

魔王が戻っていくのに、花が気付くことはなかった。


魔王も助け終わったことだし、揉《も》め事が大きくなる前にさっさと旅立つに限る。けれど、その前に魔族領のグルメを堪能《たんのう》したい。

というわけで、花はポン太をお供に城下町へ繰り出していた。アルはトラブル回避のために部屋に籠《こ》もっている。

「あー、小籠包《ショウロンポウ》美味《おい》しい」

花が屋台で買った小籠包《ショウロンポウ》をフウフウ言いながら食べる足元で、ポン太は揚げまんじゅうを齧《かじ》っていた。

――まさか異世界で中華三昧《ざんまい》をするなんて。

レビーナから魔王を助けた礼金をたっぷりと貰い懐《ふところ》が温かいため、食べ放題だ。

「んー、幸せ」

熱々の小籠包《ショウロンポウ》を食べきったら汗が出てきた。

「熱いのの後は、冷たいのが食べたいよねー」

「キュキュ！」

ポン太とそんな話をしていると……

ギュイーン、ギュイーン！

いきなり街に大きな警報音が鳴り響いた。

『領内に侵入者！　住民は警戒及び避難をお願いします！』

「え、なに!?」

警報に続く放送に驚く花をよそに、周りの人たちが続々と城へ向かっていく。その中の一人が、花に話しかけてきた。

「お嬢ちゃん、早く逃げないといい場所がなくなるぜ」

「へっ!?」

「城の避難場所は決まっているから、いい場所に入りたけりゃ早く場所取りしなきゃ」

この人の流れは避難のためだそうだ。警報が鳴ると城下町の人々は城の中に逃げ込むのだとか。

――だったら、結界とかがどこかにあるのかも？

非常事態らしいのに余計なことをするまいと、花は一応ローブの守りを消してから、ポン太と一緒に急いで城に戻る。

城内では魔王がアタフタしており、それを囲む獣たちがやかましかった。

「みんな、ちゃんと逃げたよね⁉」

「大丈夫、避難は順調です」

オロオロしつつ望遠鏡で避難住民を見守る魔王に、レビーナが落ち着くように声をかけているが、遠くから響く爆音が安心させてくれない。

「ねえ、侵入者ってなに？」

近付いた花に気付いたレビーナが答えてくれた。

「正規の入り口からではなく、死の平原から結界を突破してきた者がいるのです」

これに花は目を丸くする。

「……普通の人には無理なんじゃなかったっけ？」

「ええ、我々魔族も結界なしには無理です」

魔族は昔から魔王に従う種族で、魔力が高いという特性があるそうだ。その魔族の魔力をもってしても、死の平原を横断するのは容易ではない。

「そんなことを、一体誰が……」

『聖王国の勇者を目視で発見！』

花が疑問を口にしようとした時、城内アナウンスで知らせが入った。

「勇者って、マジで!?」

花は魔王が持っていた望遠鏡を貸してもらい、やたらに爆音が響くあたりを観察する。魔族領の防衛魔術が侵入者を攻撃し、魔王のペットたちも攻撃に参加しているようだ。

そんな中、それらの攻撃を弾く人物を発見した。

――いた！

花は、それがあの勇者だと一瞬わからなかった。ピカピカの鎧《よろい》はすっかりくすんで所々壊れており、服装もボロボロだったのだ。

――どうしちゃったの!?

花が驚いていると、いつの間にかアルが隣にいた。

「脱走してきたな」

「あれ？　アルいたんだ」

アルは花から望遠鏡を受け取り、「確かに勇者だ」と頷く。

「勇者って、前もその前もいなかったよね？」

お供との戦闘にもとうとう姿を見せなかった勇者。花のちょっとした疑問に、アルが驚きの情報を零《こぼ》した。

「放置しておくと国に重大な被害が出ると、勇者には矯正《きょうせい》命令が出ていた」

なんだか怖い単語を聞いた気がする。

「……矯正《きょうせい》って？」

「人格矯正《きょうせい》、つまりは洗脳だ」

花の全身にぞわっと鳥肌が立つ。隣の魔王も「ひっ！」と悲鳴を上げた。お供だけいて勇者がいないなと思っていたら、そんなことになっていたとは。

「……アルは受けなかったの、その洗脳ってやつ」

「教皇に従順ならば必要ない。だから俺は受けずに済んだ」

「教皇？」

――王様じゃないんだ。

教皇というからには宗教のトップだろう。

アルはこれ以上余計な魔術をかけられるのが嫌で、命令には従順だったそうだ。反対に勇者は聖王国にとって問題児だった。

「だったら、なんでそんな面倒なのを勇者にしたのよ？」

「奴が強い光魔術の使い手だったからだ」

世界に認められた勇者が光魔術を得意としていたという文献があるため、光魔術の素質は勇者選びに外せない条件だったのだとか。

「だが勇者にとって、魔王退治は洗脳されても捨てられない命題だったようだな」

聖王国から逃げ出したはいいものの、個人では飛竜を使う金もない。そんな状況で、勇者は単独で死の平原を突破したようだ。

——その根性を、もっとハッピーなことに使おうよ！

花は勇者に説教したくなった。

「あの勇者は聖王国国教会の唯一の誤算だ」

誰もが魔王については建前の教義だと理解していたのに、真実だと純粋に信じた末があの勇者だという。

——超迷惑！

聖王国もやらかしたと思っていることだろう。のめり込みやすい人に大役を振ったら、暴走して大変なことになるといういい例である。

「死の平原突破など人間のやることではない。身体は魔素狂いに蝕《むしば》まれ、歩くのもやっとのはず」

アルの言うことはもっともで、勇者は魔族側の攻撃を最初こそ弾いていたものの、次第に力を失っていく。

『投降せよ、命まではとらない』

魔族側もそれを感じ取って呼びかけをはじめたが、勇者の目はまだギラギラしていた。

「魔王を滅するのは僕だ！」

勇者はなにか唱えたかと思えば、両手を天に向ける。すると勇者から一筋の光が空に向かって伸びていく。

「あれは、まさか……」

レビーナが険しい顔をした。

「……勇者は、光魔術をそこまで極めていたのか」

アルも眉をひそめている。

「なにかな⁉　二人に意味深に言われると余計に不安なんだけど！」

涙目でレビーナに縋《すが》る魔王に、花も概《おおむ》ね同意見だ。

レビーナが魔王を宥《なだ》めるように肩を撫《な》でて告げる。

「あれは隕石《いんせき》落とし。光魔術の、最強の自爆魔術です」

「「マジでか‼」」

花と魔王の声がハモった。

「己の命と引き換えに発動する術だ、もはや執念《しゅうねん》だな」

冷静なアルの言い方が恐ろしい。

「そんなの、ラスボスで使う最終技じゃんか！」

隣にいる魔王は勇者的にはラスボスだが、本人の戦闘力は皆無だろうから、オーバーキルとしか思えない。

「僕、こんな重たい勝負じゃなくて『あっち向いてホイ』とかがいいよ！」

自分に向けて放たれた魔術に、獣団子に纏《まと》わりつかれた魔王が滝のような涙を流している。

こうしている間にも空は薄気味悪い色になり、だんだんと不気味な音が響いてきた。その異様な雰囲気に、花の足元でポン太がキュンキュン鳴いている。

「本気で隕石《いんせき》呼んだよ、あの勇者！」

「ポチー、ミケー、タマー！　戻っておいでー!!」

花がアルの胸元を掴んで揺らす隣で、魔王がペットたちを呼び戻す。どうでもいいが、魔王のネーミングセンスも花とどっこいどっこいだ。

魔族側もさすがにこれに対抗する力はなく、城からのさらなる避難に右往左往することになった。

「……逃げられるかどうか」

レビーナが表情に不安を覗かせる。

「……地球の歴史だと、隕石《いんせき》のせいで恐竜が滅んだんだっけ？」

魔王がボソッと怖いことを言う。恐竜でも耐えられなかった隕石《いんせき》に、人間が耐えられるはずがない。

隕石《いんせき》を呼んだのはいいけど小石だったという結果もあり得るかもしれないが、楽観視は駄目だろう。というかどんなに小さな小石でも、隕石《いんせき》となれば大きなクレーターが出来上がる。

そう思いつつ見上げれば、遠くに巨大な隕石《いんせき》らしきものが見えた。案の定だ。

――考えろ私！

こんな至近距離で隕石《いんせき》が落ちたら確実に死ぬ。今から逃げても助からない。だったら今の花にできることはなんだろうか？

「……ペン、とか？」

いつの間にかお守りのように握りしめていたペンを、花はじっと見つめる。これはなんでも生み出す魔法のペン。生み出すという表現は正確ではなく、なんでも作り変えると言うべきかもしれない。

――うん？　作り変える？

「そっか、隕石《いんせき》じゃなくなればいいんだ！」

突然の大声に隣の魔王がぎょっとして、アルが眉をひそめた。

「隕石《いんせき》を、他の物体に変えるということか？」

「そう、衝撃波とかが出なさそうな、脆《もろ》くて柔らかい物体！」

あんなでかくて硬いものが落ちるから被害が出るのであって、もっとソフトなものだったら途中で燃え尽きてくれないだろうか？

「……なるほど」

アルも頷いたことから、この作戦はイケる気がした。

――硬くも熱くもなくて、小さくて柔らかくて冷たいのってなんだ？

これは失敗してはいけない局面なので、自らの画力で描けるものに絞った方がいい。

ウンウンと花が唸《うな》っていると……

「雪、とか？」

魔王がボソリと呟いた。

「それだ！」

花は手を叩く。

隕石《いんせき》が迫《せま》っているので、花は早速絵を描く作業に入る。素材はもちろん神の便箋《びんせん》の裏紙だ。隕石《いんせき》に負けないとなるとこれしかない。花はくわっと目を見開き、一筆入魂する。

「よし！」

そして描いたのは雪山だ。カクカクの線が尖《とが》っているだけの絵だが、これが花の精一杯だった。

「なんの絵だかさっぱりわからんのだが」

「えー、まだ途中の絵だよきっと」

アルと魔王の失礼な発言は無視だ。ポン太も首を傾げなくてもいいだろう。

「雪って要は氷だよな」と考えた花は、絵の下に「氷」と書く。念のために、どうとでもとれる表現にしたのだ。きっと優しい世界ならば花の絵をわかってくれるはず。わかってほしい。

「あ、どうやって貼り付けようか？」

絵が完成した後、肝心の問題に気付く。隕石《いんせき》に貼りにいくのは、普通に考えたら死ににいくのと同義である。

ここで、アルが立候補した。

「ハナが守りをかけてくれたら、俺があそこに持っていくのは可能だ。魔術で影を固定すれば紙が剥《は》がれることもない」

「よし！　アルが焦《こ》げないように、服に念入りに守りをかけてあげる！」

花は即座に「熱無効」に「火傷《やけど》禁止」と「衝撃無効」、あと思い付く限りの守りの文言《もんごん》をアルの服に書いた。

「ではよろしく！　ちゃんと無事に帰ってくるんだからね！」

話だけ聞くと死地に向かうも同然なので、花は勇気づけるようにアルの背中をバンバン叩く。

「キュキュー！」

ポン太も「しっかりやれよ！」的な鳴き声をかけた。

「……ハナにはまだ、頼もしい仲間とやらが必要らしいからな」

そう言って、アルが口元を緩《ゆる》める。

――おお、笑った！

それは暗い笑いではなく、綺麗な笑顔だった。

すぐにアルが絵を描いた紙を持って空間の歪《ゆが》みに消えた。最大限の守りを付けたつもりだが、やはり不安で、花は望遠鏡で隕石《いんせき》を見る。

――大丈夫だよね!?

アルはすぐに隕石《いんせき》の前に現れた。とりあえず焦《こ》げてはいない。隕石《いんせき》に触れたかと思えば、すぐにまた消えた。

「よっし、成功！」

状況は整い、後はボタンを押すだけ。残るポイントは明確にイメージすることだ。

――雪こい、雪こい！

花は脳内で必死にそう念じていたはずだったのだが。

――雪といえばかき氷が食べたい……

途中で邪念が混じり、その瞬間にかき氷のイメージが鮮明に浮かぶ。ふわっふわの削り氷は、それだけ食べても口当たりが幸せで、シロップが合わさるとなお美味《おい》しい。

花は直前に熱々の小籠包《ショウロンポウ》を食べていたせいで、冷たいものが欲しいという思考回路のままだったのだ。

「カモン、かき氷！」

そして、うっかりそう叫んでしまった。

「え、かき氷？」

魔王が目を丸くして花を見る。

その場にいる全員が祈るような思いで空を見上げていた時――

カンカンカンカン、カンカンカンカン、キーンコーンカーン！

鐘の音が派手に鳴った。

「おお、パーフェクト！」

あの雪の絵がどちらかというとかき氷に近かったのか、それともイメージが鮮明だったのか。

――なにはともあれ成功だ！

すぐ目の前まで迫《せま》っていた隕石《いんせき》が、いきなりプラスチック容器に入った巨大かき氷に変わった。

かと思ったら、巨大かき氷が山の頂上に落ちる。

ズゴオォン！

轟音《ごうおん》を立てて巨大かき氷が着地した。が、それだけだ。衝撃はなどは一切発生しない。隕石《いんせき》でなくなった瞬間に、磁場などの諸々のエネルギーが消えたのだ。

「「「………」」」

その場の誰もが無言だった。

――あの隕石《いんせき》で、山の動物とかも逃げてるよね、きっと！

隕石《いんせき》が落ちるよりも被害は軽微だろう。パーフェクトを出して大満足の花は、ポジティブに考えることにした。

「……うん、よかった！」

「いや、よかったよ？　けどアレ雪じゃないよね!?」

花の肩を魔王がガクガクと揺さぶる。離れた場所では、戻ったアルがかき氷の刺さった山を見て呆れ顔だし、ポン太も間抜け面《づら》をして山を見上げている。魔王のペットたちは巨大かき氷に向かって遠吠えをはじめた。

花はとりあえず、巨大かき氷をスマホで記念撮影しておいた。

第六章　やられたらやり返す！

勇者襲撃から数日後。

「ふぃ〜……」

ゆったりと肩まで温泉に浸《つ》かった花は、思わず息を吐く。

魔族領には温泉が湧いていると聞いたのは先日のこと。温泉と聞けば入らねば日本人の名が廃《すた》るというもの。ゆえにこうしてのんびりと温泉タイムとなっているわけだ。

目の前には山々の連なりが見え、そしてその真ん中の山に巨大かき氷が刺さっている。そう、あの巨大かき氷は隕石《いんせき》に戻されても困ると言われ、そのまま山頂に刺していることになった。

普通のかき氷なら数分もすれば溶けて液体になり、数日経てばもう蒸発しているだろう。しかしあれは神の便箋《びんせん》の裏紙で作ったかき氷。なんと溶けないらしい。

――やっぱ半端《はんぱ》ないね、便箋《びんせん》の裏紙の効果って。

「やっちまった」と思わなくもないが、過去を振り返っても仕方がない。みんな助かったのだからいいのだ。きっとそのうち観光名所になるはず、たぶん。

実際、後に魔族たちのひんやりスポットになっていくのだが、それは今の花にはわからないことだ。

それはともかくとして。

何故花が未だに魔族領にいるのかといえば、魔王に泣きつかれたからだ。

『もうちょっとだけいて！　アドバイザー的なカンジで！』

泣きべそ顔の魔王が必死なのには訳がある。あの勇者襲来に怒った魔族たちが、現在聖王国へ戦いを仕掛けようと話し合っているのだ。

『ねえ、平和的にいこうよ！　暴力じゃなにも解決しないって！』

などという魔王の必死の説得の効果も薄いようで、事態は思わしくない。

唾が飛びまくる会議に付き合うのに疲れた花は、ちょっとリフレッシュするために温泉に浸《つ》かっているというわけだ。隣の男湯にはアルとポン太がいる。

温泉でホカホカになった花が顔を出せば、会議は続いていた。正確に言えば結論は出ているのだが、魔王の反対のために会議が終わらないのだ。

「まだやってたの？　みんな温泉でも入って頭を冷まそうよ」

のんびりとした口調で声をかけた花に、血走った視線が突き刺さる。

「よそ者は黙っていろ！」

魔族領の将軍だとかいうおじさんが花を怒鳴りつけた。だが温泉でまったりした花は、多少の事ではイライラしない。これが温泉効果というものだ。後ろのアルとポン太もまったりモードで冷たいジュースを飲んでいる。

――みんなも温泉で会議すればいいのに。

花は涙目でプルプルしている魔王に、ホカホカ気分を分け与えるべく話しかけた。

「高橋くん、温泉よかったよ。やっぱり旅には温泉だよね」

すると、魔王が地獄で観音《かんのん》様を見たかのような顔をした。

「そうですか！　今度温泉施設を提案しようと思うんです」

「いいね、絶対それ目当てに観光客が来るよ！」

「ですよね！」

「ええい、温泉の話をするでない！」

せっかく盛り上がっていた話を、ピリピリ感を前面に押し出した将軍がぶった切る。

――仕方ないなぁ。

花はため息を吐き、魔王のアドバイザーとして将軍に意見を述べた。

「仕返しで戦争したとしてもさぁ、それ上手くいくの？　なんにも知らない一般人が肉の壁にされるだけで、肝心の王様とか教皇とかはとっとと逃げるんじゃない？」

花の発言に、将軍をはじめとした全員が黙る。

「ハナ、よく聖王国がやりそうな事がわかるな」

「いや、独裁国家がやりそうなことを言っただけ」

ジュースを飲みながら感心するアルに、花は手をヒラヒラと振る。日本が平和なだけで、地球上のどこかしらで戦いは起こっていた。ぼんやりとでもニュースを聞いていれば入る情報だ。

「ボランティアの人が人質になったとか、よく耳にしましたね」

魔王も真剣な顔で言った。そう、聖王国にいるのは聖王国の住人だけではない。他国の旅行者が人質になり、肉の壁にされる恐れだってある。

「そんな結果になっても、みんなは満足なの？」

頭に血が上った勢いだけで話し合っていた連中が一斉に俯《うつむ》く。

ただ、将軍は両手を握りしめて叫んだ。

「では、我々は泣き寝入りか！」

戦わなければ魔族の面子《メンツ》が保てないとでも言いたげだ。だが面子《メンツ》のために、なにも悪くない一般人を危険に晒《さら》していい理由はない。

「そうじゃなくて、もっと別のやり方があるでしょっていう話よ」

地球だって大国同士は大きな戦争をしなくなったが、戦いがなくなったわけではない。武器を使わない地味な戦いはいつだって起こっていると、高校の社会の先生が言っていた。

「高橋くん、日本で政治家が引退に追い込まれる理由って、なにが多いでしょうか？」

「え、え？　えーと……病気、じゃない？　えっと、あ！　スキャンダル記事!?」

花のゼスチャーを見ながらなんとか正解を口にした魔王に、正解の拍手をする。

「……ビラでもばら撒《ま》くのか？」

アルの疑問に、花はニヤリと笑う。

「ノンノン！　そんな捨てられたらおしまいなことはしません！　聖王国の重要建造物に、盛大に今回の事件の暴露《ばくろ》を兼ねた落書きをしに行こうじゃない!!」

ターゲットはズバリお城と教会。宗教優先国家というからには、国中に教会があるに違いない。

主要都市の教会を巡るだけでも結構な宣伝になるだろう。

この計画を聞いて、花以外がみんな絶句している。やがてアルがため息を吐いた。

「ハナ……ずいぶんと下世話なことを」

アルの突っ込みに、花は「チッチッチ」と指を揺らす。

「人って下世話なことが大好きなのよ！」

これは大いなる真理である。

加えて聖王国は情報通信を上層部で独占しており、一般人はロクな情報を持っていないらしい。

普通の国では魔術の通信で情報が行き来するため、子供でも最新情報を知っているというのに。

――情報が入らないってことは、本当かどうかの確認ができないってことよね！

これはニュースの流し甲斐《がい》があるというものだ。

「王様と教皇に直接ダメージを与えるには、これっきゃないでしょう！」

花はムン！　と胸を張る。権力者を追いつめるのは、古今東西いつだってスキャンダル記事なのだ。

「……まあ確かに、この件で一般人が被《こうむ》る被害といえば、落書き消しに駆り出されるくらいか」

アルがそう言って頷く。キツイ作業だろうが、戦争で肉の壁になるよりはマシだ。

「どうよ、この作戦！」

日本で言えば国会議事堂に落書きするも同然。国の面子《メンツ》丸潰れだろう。

「……しかし、そのような――」

「僕は賛成！　地味だけど効果は抜群だと思う！」

まだゴネそうな将軍の言葉に、魔王が被せてきた。絶対わざとだ。

「戦争をはじめるとなると出費が嵩《かさ》みますし、周辺国が被《こうむ》る影響も考えれば、落としどころとしては悪くないですね」

レビーナも賛成に手を挙げた。

約一名は納得いかない顔だったものの、国のトップが意思決定すればあとは早い。

こうして「聖王国を落書きで埋《う》め尽くそう」作戦は承認された。

落書き隊には、当然言い出しっぺの花が名乗りを上げる。

「そこまで山田さんにお世話になるのも……」

魔王が眉を下げていたが、花にも考えがあってのことだ。

「ここでギャフンと言わせとかないとさぁ、聖王国ってすぐに別の勇者を作って暴れそうじゃん？」

既に敵認定されている花だ、そうなったらきっと面倒臭いことになる気がする。ここで国のトップを叩いておくのは、自分のためでもあるのだ。

「高橋くんからは、周りの国と一緒に聖王国に抗議文を出しておいてよ」

正式な立場での抗議も、国際社会には必要なはず。

「わかった、僕すごくねちっこい抗議文を考えるよ！」

魔王のやる気が妙な方向に向かったようだ。

聖王国へ出発前に、花は勇者の様子を見にいくことにした。そう、勇者は生き延びていたのだ。度重なる洗脳に耐え、魔素狂いに蝕《むしば》まれ、それでも彼は生きていた。なんという強靭《きょうじん》な精神だろうか。

花が真っ先に洗脳の影響を消したあと、捕虜《ほりょ》であるが病人ということで、牢屋でなく療養のための部屋を与えられた。そして治療の一環で身体を調べた結果、深刻な魔素中毒であることが判明した。最終的には狂戦士になるというアレである。

――でも、その片鱗《へんりん》はあったかも。

夜中にいつまでも花の家に突撃してみたり、魔王を求めてここまでやって来たりと、いずれも普通はしないことだ。

その後、彼は与えられた部屋に引き籠《こ》もるようになり、食事もとらず、誰とも会おうとしない。魔王が花たちを案内しながら、そんなことをポツポツと語った。何故魔王が案内役かというと、他の魔族だと勇者を威圧するからだそうだ。敵として現れた相手だから、それも当然だろう。

「……きっとあの人、頑張りすぎて疲れちゃったんだね」

魔王が悲しそうに言った。「隕石《いんせき》落とし」を防がれた時点で、心がポッキリと折れていたのかもしれないと。

――まー、あんなアホな方法で必殺技が防がれたんだもんね。

花たちだって必死だったが、勇者の方が衝撃を受けただろうことは想像できる。

「どうぞ、中へ」

案内の魔王が部屋の扉を開ける。

「……！」

室内のベッドの上にいたのは、すっかりやせ細って顔色の悪い、ほんの数日で以前の面影《おもかげ》がなくなった勇者だった。

「あんた、ご飯をちゃんと食べなさいよね」

テーブルの上にある手つかずの食事を見て花が小言を言うと、勇者がジロリとこちらを見た。

「何故僕を生かすんだ……」

まるで生かしてほしくないと言わんばかりの口調に、魔王がさらに悲しそうな顔になった。

「なにさ、死にたいの？」

「恥を晒《さら》すくらいなら、その方がいい……」

花の純粋な疑問に、勇者は口元を歪《ゆが》める。

——恥晒《さら》しときたもんだ。

「高橋くん、なんか、恥ってくらい恥ずかしいことさせてる？　たとえばみんなの前で裸踊りとか」

「捕虜《ほりょ》はちゃんと丁重に扱ってますっ！」

花が一応確認すると、魔王がぷうっと頬を膨らませる。魔王についてきた小動物たちも合わせて騒ぎ出したので、静かな部屋が一気に騒がしくなった。

「ハナ、たぶんそういうことではない」

「わかってるって、軽いジョークじゃないの」

アルの真面目なツッコミに、花は肩を竦《すく》める。恥というのは「生き恥」という意味だろう。生きるのがどうして恥なのか、花にはさっぱりわからないが。

――生きてるって、なんでもやり直せるってことなのに。

日本で平和に暮らしていた頃よりも、死ぬかもしれない思いをした今の方が、よりそう思う。それに花とそう変わらない年齢の勇者は、これまでの人生よりも今後の人生の方がずっと長いはず。

だから、隣の魔王が悲しげな表情をする横で、花は敢《あ》えて冷たく突き放す。

「殺すのが面倒だからじゃない？」

同情の言葉を予想していたのだろう勇者が、驚いた顔をした。

「確かに、人間一人殺《あや》めるのは重労働だな。殺す人間、検死する人間、死体を処理する人間と、色々手をかける」

アルが横で妙な納得をする。だがその通りで、人を殺すのは大変なことだ。そんな嫌なことをするくらいなら、放置の方がずっと楽だろう。

だから――

「死にたいんだったら、いっぺん死んだと思っときなさいよ」

「……は？」

花の言葉に、勇者が目を瞬《しばた》かせた。

「どうせ聖王国でも死んだと思われてるって。だから自分でも死んだと思って、生まれ変わってここにいるってことにするのよ！」

「なんだ、その無茶苦茶な話は」

この言い分にアルが呆れ顔をするが、花は本気だ。

「魔族の人たちも嫌な仕事をせずに済むし、聖王国にも言い訳が立つし、アナタも今後幸せになれるかもしれない。ほら、全部丸く収まるじゃん！」

「素晴らしいです、山田さん！」

胸を張る花に魔王が拍手をし、アルが苦笑する。

花は話についていけない勇者のいるベッドの端に座り、顔を覗き込んだ。

「あのさ、世の中って楽しいことが一杯あるんだから。それを知らないで死んでいくなんて、もったいないって神様に叱られるよ？　聖王国の神様じゃない、世界を守る神様にさ」

「世界に……」

勇者が世界に導かれた魔王をぼうっと見る。聖王国の教えではなく、この世界の言い伝えを思い出しているのだろう。少なくとも花をこの世界に呼んだ神様は、世界にある命を守りたくて魔王を呼んだ。それでも足りなくて花も呼んだ。命を尊《たっと》ぶ神様には違いない。

なにも言わない勇者に、人生が突然変わった先輩であるアルが語った。

「今までの価値観を変えるのは難しい。だがお前には、これから考える時間はいくらでもある。焦って行動しないことだ」

この言葉に、勇者は黙って目を閉じたのだった。

いよいよ出発の日。

聖王国に向かって出立する花たちを、ペットを連れた魔王とレビーナが、魔族領の境界まで見送ってくれた。

「……寂しくなります」

「まあまあ、また遊びに来るからさ。温泉があるしね！」

花はしょんぼりする魔王にカラリと笑う。いつものように自転車で運転はアル、荷台に花、前のミニカゴにポン太というスタイルだ。

「立派な温泉施設を作りますね！」

魔王が決意の握り拳を作る横で、レビーナがニコニコしていた。

――なんか、高橋くん変わった？

初対面の時のメソメソ感が和《やわ》らいだ気がする。勇者騒動の時も、プルプルしながらもちゃんと最後まで見ていた。自分を殺そうとやって来た相手だ、逃げても誰も責めなかっただろうに。

「なんか、引き籠《こ》もり部屋は余計だった？」

一皮剥《む》けて真・魔王となったのかと思ったのだが……

「いえ、必要です！　でも籠《こ》もるのは二日に一度くらいにします！」

なんとも締まらない宣言をされた。でも、外で活動する気になっただけでも大進歩だ。

「勇者のことはよろしくね！」

「任せてください、ある意味専門ですから！」

魔王がドン、と自分の胸を叩いた。

——引き籠《こ》もりの先輩である高橋くんがいれば、変なことにはならないか。

少なくとも、部屋から無理矢理出して尋問なんて事態にはならないだろう。

「行くぞ」

「お気を付けて！」

アルの合図で自転車が進み出し、レビーナが声をかけた。

花は魔王のペットの遠吠えをバックコーラスにそんなエールを贈りつつ、アルの漕《こ》ぐ自転車の後ろで手を振った。

——頑張れ、高橋くん！

魔族領を出立し、再び聖王国を目指す。聖王国に行くのなら、入り口の道を通るよりも死の平原を通過してポン太の故郷の森を抜けるのが近道だ。ただし花にしかできない近道だろう。

けれど死の平原を抜けるのは、急いでも今日中には無理だ。どうせここで一泊するならと、花が間取り図を描いたあたりに行ってみることにした。飛竜から目撃されたらしいので、消していこうと思ったのだ。

だが、そこにあったのは意外な光景だった。

——なんだあれ？

間取り図のあった場所に鮮《あざ》やかな色が見えたのだ。平原には草以外なにもなかったはずなのに。

アルも驚いて自転車を止めた。花が荷台から飛び降りて駆け寄ると、そこにはみっちり詰まった花畑があった。

「マジか！」

最近この言葉を連発している気がする。でも、それくらい驚きの連続なのだ。

「信じられん、死の平原に花畑とは」

アルも目を疑う光景らしく、ポカンとしている。

レビーナが言っていた、千年前は普通の草原だったという話を思い出す。もしこれが本来の姿だとしたら、花のペンの力がどういった風にか作用して、こんな結果になったのだろうか？

首を傾げる花の横で、アルも難しい顔をしている。

「世界に導かれし者には、魔素の浄化能力があるということか？」

花の存在は脇に置いておくとして。世界に導かれし者とは、現在の魔王とかつての勇者だ。

「もし昔の勇者が私と同じ異世界人だったとすれば、『勇者が神様に持たされた武器が特別だった』とかの方があり得るかもね」

魔王は一ヶ所でじっとして浄化し、勇者は動いて浄化する。言うなればエアコンと掃除機のような関係だ。これは花の想像でしかないが、案外、外れではないかもしれない。

少なくとも神様からの手紙では、魔王のようなフィルター的役割については記されていなかった。

だからこれは花の力というよりも、ペンの力だろう。花の力だったら、花がウロウロしたあたりが花畑になっていてもいいはずだが、そんな形跡はない。

「持っているペンがすごかった」という結論に至った花に、アルが恐ろしいことを言った。

「現れる場所を間違えれば、ハナは勇者として迎えられたのかもな」

「冗談でしょ⁉　そんな面倒ゴメンだからね！」

花はぎょっとして言い返す。金ぴかの鎧《よろい》を着て剣を掲《かか》げる自分の図を思い浮かべるが、似合わないことこの上ない。同じく似合わないと思ったのか、ポン太が変な顔をして笑うように鳴いた。

とりあえず、花は今夜ここで一泊するため家を作る。

「ただいま！　そしてお帰りアル！」

花は玄関をくぐるとクルリと振り向き、アルに告げた。いつもただいまを言ってもらう方なので、たまには出迎えの挨拶《あいさつ》をしてみたのだ。アルは驚いた顔をした後、「ただいま」と小声で告げた。

「あー、我が家は落ち着くぅ……」

早速リビングのテーブルにダラーンと伏した。設備は魔王城の方が立派なのだが、この家はもはやマイホーム。寛《くつろ》ぎ度は比べようがない。

――それに、いちいちお付きの人がついて回るのがねぇ。

「俺も、どちらかといえば城よりこちらが落ち着くな」

アルまで荷物から酒を出しながら、そんなことを言う。こちらは少しは王子様生活をして、たくさんのお付きの人とお城で暮らしていたのだろうに。

――だからこそ、かな？

城という場所に、よい思い出がないのかもしれない。

夕食は久しぶりに焼きキノコとなった。これを食べると、異世界生活初めの頃の苦労を思い出す。

ポン太も味わうようにキノコを食べている。するとアルが、いい感じに焼けたキノコに齧《かじ》りつきながら言った。

「魔族領のキノコは質がよく、高級品として取り扱われている」

「そうなの⁉」

花は驚きつつも、そういえばと思う。

——山脈の外で採ったキノコって、イマイチだなって感じたかも。

外のキノコが不味《まず》かったのではなく、魔族領のキノコが特別美味《おい》しかったようだ。外のキノコもとんだ言いがかりだ。

「……まあ、たくさん採ったからいいか！」

新たなキノコに手を伸ばす花に、アルも頷く。

「そうだな、食料袋はほぼキノコだ」

そこで思わず玄関横に置いてある袋を二人で見た。ポン太が張り切ったためでもある。

——後で干しキノコにしておこう。

翌朝、改めてポン太の故郷の森へ向けて出立だ。途中で魔素回復エリアを増やすべく、定期的に地面に四角やら三角やら丸を描いていく。きっとじきに、点々と花畑になっているミステリースポットになるのだろう。

そうして森に着いたら、ポン太の仲間に大歓迎と大ブーイングを受けた。歓迎されたのはポン太で、ブーイングを受けたのはアルだ。当然と言えば当然の成り行きである。

森の中は酷い有様だった。勇者たちがどれだけ暴れたのか知らないが、木々は倒れ、炭化したものすらある。どう見ても広範囲爆撃の跡だ。

――明らかにやりすぎだろう、コレ。

環境保護団体から訴えられるレベルだ。

ポン太は動きが機敏である。勇者のお供はあまり器用に見えなかったので、攻撃を当てられずに広範囲アタックを試《こころ》みたのかもしれない。

アルとコンたちが一触即発《いっしょくそくはつ》かという場面だが、抜かりはない。このための高級キノコだ。

「みんなゴメンね？　アルも反省してるし、お詫《わ》びの品も持ってきたから、許してくれない？」

キノコを並べる花の横で、ポン太が「俺の舎弟に手を出すな」とばかりに鳴いた。お供ランキングが上のポン太は、下のアルを守るつもりらしい。実に男気があるタヌキだ。

不満はあるもののポン太の手前引き下がり、キノコにがっつくコンたち。仲良くキノコを食べた後には、みんなアルを許してやる気になった様子を見せた。食べ物で懐柔《かいじゅう》作戦は成功だ。

ポン太には、せっかく故郷に帰ってきたのだから、残ってもいいぞと言ってみたが、「俺がいないとなんにもできねぇくせに」みたいな調子で鳴かれ、花はちょっと胸がジーンとした。脳裏に「人間の食べ物に味を占《し》めただけでは？」という考えが掠《かす》めたものの、それでもいいかと思い直す。

旅は道連れと言うならば、ポン太は最初の道連れだ。

森を出る前、花はコンたちのために、死の平原と接しているあたりにたくさん魔素回復エリアを作った。これで子供のコンがうっかり森から出ても、死んだりしないだろう。

森の外まで見送る茶色い軍団に手を振りつつ、いよいよ聖王国に入る。

鬼が出るか蛇が出るかと、緊張感をもって自転車の荷台から周囲を警戒していた花だったが、もっと違う問題に突き当たった。

「なにこれ……」

待っていたのは、寂れた村や廃村になった土地だった。誰もが下を向き、ボロボロの服を着て畑を耕《たがや》している。子供はやせ細り、生活が苦しいのがわかった。見知らぬ人間を警戒してか、チクチクと視線が刺さる。

――よそ者は敵だ！　っていう雰囲気ね。

戸惑う花に、アルが告げた。

「ここは国に見捨てられた土地だ」

「見捨てられたって……」

意味が理解できない花に、アルが無表情に続ける。

「このあたりが、本来の聖王国の領土だ」

以前花が立ち寄ったガラントの街は、侵略で奪った領土らしい。

「昔の聖王国は豊かとは言えないが、国民を養う程度の実りはある小さな国だったそうだ」

ところが今から三代前の国王が、国をもっと豊かにしたいと言い出した。その方法が土壌改良とかだったらよかったのだが、選んだやり方は「実り豊かな土地を奪う」というものだった。

「戦争をやろうって国は、だいたい似たようなことを言うもんなのね」

花は嫌そうに顔を歪《ゆが》める。どの世界にも学習しない生き物はいるもんだな、とつくづく思う。

「そんな最中だ、聖王国で古代遺跡が見つかったのは」

遺跡の発掘で研究者たちが手にしたものが「洗脳魔法」の文献だ。それを研究して開発したのが、現在の「精神魔術」と呼ばれる洗脳魔術だそうだ。

「あんなものが見つからなければ、聖王国は元の暮らしのままだっただろう」

なんとも嫌な偶然が重なってしまったものだ。

他国が洗脳魔術を防ぐ手立てが見つけられずにいるうちに、聖王国はどんどん侵略をしていく。

洗脳した一般人をばら撒《ま》いて破壊行動をさせ、他国の中枢にいる要人を洗脳し、聖王国に都合のいい政策をとらせる。

こうして洗脳を繰り返し侵略していく上で、大義名分としたのが「勇者」だ。

「なるほど。そこで勇者と魔王の話が出てくるのか」

「昔は魔王なき魔族領も荒れていたし、聖王国にはおあつらえ向きに勇者伝説が残っていた」

勇者生誕の地とか、勇者の通った道とか、世界には勇者にまつわるものがたくさんあるという。

――日本の、平家《へいけ》の落人《おちうど》伝説みたい。

そのうちの一つが聖王国にあったというだけの話だが、聖王国はそれを最大限まで誇張して「我が国には現在勇者がいる」と発言したらしい。魔族の侵略に対抗するため、各国に手を差し伸べているのだと。

「そんなもん、誰が信じるのよ？」

「信じさせるのが、洗脳魔術だ」

他国の洗脳済みの上層部が「勇者は本物だ」と言えば、それなりに信憑性《しんぴょうせい》が出てくる。そうして肥大化したのが、現在の聖王国というわけだ。

王都も侵略した国の立派な城のある場所に移り、元々の貧しい領土は見向きもされなくなった。そのくせ税だけはどんどん上がっていく。貧しくとも己を食わせるだけはできていた生活は、一気に悪い方へ傾いた。

「ひどい話ね」

花は、懸命に仕事に精を出す人々を遠目に眺める。

「なんていうか、落書きのし甲斐《がい》があるじゃないの」

自分の中に、沸々《ふつふつ》と闘志が湧くのを感じた。

寂しい景色を横目に進んでいると、無人地帯へと差しかかる。そのまま行くと、死の平原から伸びた亀裂《きれつ》に突き当たった。

――ヤバいね、これは。

街道に突如、大峡谷《きょうこく》が出来上がっており、花は改めて自分がやらかしたことの大きさを実感する。アルの無言の視線に冷や汗が止まらない。とりあえず魔素が薄まることを祈りつつ、峡谷《きょうこく》周辺をペンで大きく囲ってみた。

ペンで橋を作って亀裂《きれつ》を越えれば、やがて聖王国の王都が見えてくる。ガラントの時と同様に、王都から離れた林の中に家を作って荷物や自転車を置いてから、歩いて王都へ向かう。

正門に長蛇の列が見えるが、アルはそれを横目に逸《そ》れていく。

「正面から入らないの？」

花がアルの服を引いて尋ねると、冷めた目で見られた。

「謎の錬金術師はとっくに手配されている。わざわざ存在を知らせる馬鹿がどこにいるんだ」

確かにそうかもしれない。

アルが向かったのはあまり手入れの行き届いていない、いわゆるスラムという場所だった。ここに、街の出入りに必要な金を持っていない人たちが使う、抜け道があるそうだ。

大きな街に入るには、ちゃんとした身分証なり金なりがいる。リブレの街は田舎《いなか》ゆえか言われなかったが、花もガラントの街とアルベラ国の国境や港町ではお金を払った。

しかし、ちゃんとした仕事をしたいなら正規ルートで入らなければならないが、そうでなければ裏ルートで十分だそうだ。

とにかく、王都に入れたのならお仕事開始だ。

まずは城と教会の場所を確認する。城は侵略先のものを利用しているだけあり、普通に立派だった。どっしりとした造りで、戦時に備えたものであることがわかる。問題は教会だ。金銀宝石をやたら貼り付けたキラキラしい建物で、ガラントの街にあった教会よりも派手だった。

「これはまた、素晴らしく悪趣味ねー」

花はあっけにとられる。ここにも青い服を着た人が出入りしていて、花たちは見つからないように建物の陰《かげ》からコソコソと覗いていた。

――落書き栄《ば》えしそうな建物だね。

これは腕が鳴るというものだ。

落書きに使うのは、もちろん花のペンである。神様製のペンのため、ペンの消しゴムでないと永久に消えないし、ペンキで塗り直すことも不可能という、落書きをするには最高の性能だ。

しかし、落書き要員が花のみというのはキツいので、人手を増やすために一計を案じた。一旦家に戻った花は、台所でバケツに水を満たして、そこにペン先を浸《ひた》す。

「フンフンフーン♪」

するとインクが水に滲《にじ》み出て、バケツ一杯のインク水が出来上がる。

――これでよし！

ペン本来の力はないけれど、純粋にただ書くだけなら十分の代物だ。これに筆を浸《ひた》して書けば、消せないし塗り直しもできない。このインク水で建物の壁にみっちりと事の顛末《てんまつ》を書いていくのは、アルの仕事だ。なにせ花はこの世界の文字の読み書きができず、勉強中なので。

花の担当は落書きだ。

――画伯の本領発揮《はっき》よ！

意気込むままに夜を待ち、落書き開始の時が来た。花とアルが作業する横で、ポン太はインクで足跡を付ける行為が気に入ったらしく、一部を足跡まみれにしていた。花も、せっかくなので魚拓《ぎょたく》ならぬポン拓《たく》を貼り付けたりと遊ぶ。ポン太側のインクはもちろん消しゴムで消してやる。

そんなことをしていると……

「誰だ、そこにいるのは！」

街の警備兵に見つかった。特に隠れたりはしていないので、見つかって当たり前なのだが。

「誰だと聞かれたら答えようじゃない、謎の錬金術師です！」

花が手を掲《かか》げてビシッとポーズを決めたところで、アルが空間を歪《ゆが》めて待っていた。

「力作だから、続きを乞うご期待！」

「キュ！」

ポン太も「待ってろよ！」とばかりに捨てゼリフを決める近くで、花たちは空間の歪《ゆが》みに消える。

「錬金術師……教会から手配されているあの？」

警備兵はすでに犯人が逃げた後なので、警笛を吹くべきかどうか迷った。

花たちがわざわざ正体を晒《さら》したことには訳がある。姿を現さずにいると、関係のない一般人が嫌疑をかけられると考えたからだ。こういう時、権力者に反抗的な人間が無実の罪に陥《おとし》いれられるというのが、時代劇でのお約束である。

——ちょっと、怪盗なんちゃらみたいで気分がいい！

やっていることは落書きだが、花はノリノリだった。

警備兵が去って誰もいなくなったのを見計らって、また落書き再開だ。これを夜な夜な繰り返し、教会の壁を埋《う》め尽くせば次のターゲットに移る。実に地味な仕事だった。落書きは王都からはじめて徐々に広げていく作戦だ。

当然、教会関係者は半狂乱で犯人を捜す。街中を捜索《そうさく》し、「謎の錬金術師」と名乗った女を見つけようとするものの、手掛かりがない。

――アルが一緒に行動していることが、伝わっていないのかな？

聖王国子飼いの密偵《みってい》が裏切った情報は、まだ広まっていないようだ。よく考えると王子様という旗印になる存在の出奔《しゅっぽん》が他国に知れたら一大事だし、一部の不満を持つ国民に知れても騒ぎになるから、伏せているのかもしれない。

けれど、これを繰り返していくうちに、各地で噂《うわさ》になっていく。

ある時、落書きの続きをしに行くと、現場に誰かがいた。

「およ？」

警備兵が先回りして待っていたのかと思いきや、なんと落書きの先客だ。しかも意外や意外、警備兵だったりする。見つかった相手は慌てたが、アルがすぐに近付いて黙らせた。

――不満が溜まってたんだろうなぁ。

花は可哀相に思い、落書き仲間ということで彼にインク水を分けてやった。

この日を境に、落書き作戦は一気に広まりを見せていく。

そして一ヶ月後、とうとう聖王国の城と主要都市の教会への落書きを完遂した。元々の聖王国の城にも落書きをするという念の入れようだ。

――私、頑張った！

聖王国の上層部は混乱に陥《おちい》り、花の力作落書きを犯人が残した暗号だと解釈したらしく、学者を集めて情報を集め出している。花は犬とか猫とか鳥とか、思い付くものを次々と書いていただけなのだが、アルに言わせると謎の暗号が示されているように見えるそうだ。

――ふっふっふ、精々暗号解読に励《はげ》むといいさ！

無駄に頭がいい人って損だなと思う花は、暗号解析の結果が楽しみで、未だに聖王国内に留まっている。そんな待ち時間に小商《こあきな》いをしてみた。

聖王国はインフラ整備に全く金をかけていないらしく、水が毒かと疑うレベルで駄目だった。生水を飲むと腹を下し、煮沸《しゃふつ》してもまだ臭い。相当田舎《いなか》に行かないと生水なんて飲めたものではない。しかも井戸を使うにはお金が必要だ。不味《まず》い水に金を払わされるとか、こんなひどい話はない。

――ガラントの街よりも臭いかも。

あの街は元は他国の街なので、昔からある水道設備がそこそこ動いているのだろう。

――水って生きるのに大事だよね。

金持ちは水の代わりにアルコールの軽い酒か果物の搾《しぼ》り汁を飲むそうだが、貧しい者はそんなことができるわけがない。水が悪いせいで健康被害が深刻らしい。

そこで花はスラムの闇市のような場所で、「綺麗で美味《おい》しい水」と名をつけて、家の水を樽《たる》に詰めて売ってみた。元手が樽《たる》代だけなこともあり、値段は井戸代よりも格安だ。それがバカ売れした。神殿が売っている「聖水」よりも病気に効くと噂《うわさ》になり、金持ちまでスラムに来る始末。

安くて美味《おい》しい水のおかげで、スラムの子供や老人の病気が減り、花は拝まれることとなった。

「このお方こそ、本物の勇者様かもしれん……」

「やめて!?　本気にされたら困る！」

花は変人の代名詞らしい錬金術師という呼び名を、意外と気に入っている。ちょっと変わったことをしても「ああ錬金術師か」で済ましてくれる、なんともありがたい称号だから。それが勇者だなんて呼ばれた日には、肩が凝《こ》って仕方がない。

――高橋くんも魔王じゃなくて「人間エアコン」とかだったら、きっと気楽だったのにね。

だが、この時の花は知らなかった。聖王国王都で真の勇者伝説が生まれはじめていることを。


そんなある日、花の家を訪ねてきた男がいた。

「こちらは今スラムで噂《うわさ》の、錬金術師様のお宅だろうか？」

「誰だ？」

アルの誰何《すいか》に、相手は「祖国を取り戻す会」の代表だと名乗る。

「なにそれ？」

首を傾げる花に、アルが説明した。

「歪《いびつ》に大きくなった国だ、当然祖国奪還を目指す地下組織は多く存在する」

なるほどと花も納得する。しかし彼を家の中に入れるのも不用心なので、玄関前でアルが話を聞くことにした。聖王国の追っ手を警戒して家の場所は何度か変えているので、よほど探したに違いない。

彼は単刀直入に言った。

「噂《うわさ》の錬金術師様にお尋ねしたい。神殿の精神魔術を防ぐ手立てをご存じないか？」

勇者たちと戦って勝った錬金術師の存在は、彼らの間で有名らしい。その中で特に興味を持たれているのが、洗脳を逃れる魔術の存在だ。ガラントの街で神子《みこ》の魔術が効いていない姿を大勢に見られていたので、知られるのも当たり前だろう。

「聞いてみよう」

アルは彼を外に待たせて家の中に戻る。

「どうする？」

「洗脳を防ぐものなら、あげてもいいんじゃない？」

アルの問いかけに、花はあっさりと答えた。困るのは聖王国の神殿関係者のみで、一般人が被害を被《こうむ》る状況にはならない。

花は早速ペンで作った大きな一枚布に「洗脳禁止」の守りをかけ、それを持って外に出る。

「どうも、謎の錬金術師です！」

花の挨拶《あいさつ》に、待っていた彼が戸惑う様子を見せた。

「若い……子供、いや、かろうじて大人か？」

「立派な成人女性ですから！」

花はすかさずツッコミを入れて、重たい布をずいっと差し出した。

「この布を少しでも身に着けていれば、洗脳は効かないよ。小さく分けてスカーフみたいにして身に着けてもらうといいから。これで十分でしょ？」

「ありがたい！」

彼は布を大事そうに抱きしめる。

「これが必要だとすると、決起が近いのか？」

アルの問いに、彼は頷いた。

「各地の地下組織と連動する。教会からは天罰を恐れて神子《みこ》どもが逃げはじめているし、城もほとんど人がいない。今が絶好の機会なんだ」

ぎゅっと両手を握りしめて語る彼に、花は勢いよく手を挙げた。

「それ、私も行く！」

「は？」

突然のことに、アルが目を見開く。

「だって、クーデターってことでしょ？　だったらこれが最後かも！」

「なにが最後なんだ」

アルが警戒するような目で花を見た。後ろで様子を窺《うかが》っているポン太も「なに言ってんだコイツ」という顔をしている。男は話についていけていないみたいだ。

そんな一同に、花はニヤリと笑った。

「アルそっくりさんな王サマとやらを、見物に行くのよ！」

花の興味はこの一点に尽きた。

決起の夜、聖王国の王都は荒れていた。

「自由を我らに！」

「幸せな未来を子供たちに！」

「洗脳国家を滅ぼせ！」

人々が怒りの声を上げ、行進していく。みんなそれぞれに武器を持っているものの、剣から鍬《くわ》まで得物はバラバラである。しかし、後方には揃いの装備を身に着けた兵士が待機していた。そう、警備兵が味方についたのだ。

街のあちらこちらで、逃げようとする神子《みこ》たちが捕らえられている。

「何故、お前たちに術が効かない!?」

一人の神子《みこ》が悔しそうに唇を噛《か》み締めて群衆を睨《にら》むと、兵士がニヤリと口元を歪《ゆが》めた。

「お前らの信じる嘘っぱちの勇者ではなく、本物の勇者がこっちにいるのさ」

この言葉に、神子《みこ》はひゅっと息を呑む。「本物の勇者」は教会での禁句だった。

「世界が導く者って存在を、アンタらは都合よく捻《ね》じ曲げたんだ。天罰が下るかもな？」

神子《みこ》は己の未来と世界の罰を思い、身体を震わせる。

しかし——

この騒ぎの中で、落書きだらけの教会から、密かに隠し扉を使って逃げようとする者たちがいた。

「カモン、ケージ！」

どこからか声が響いたかと思えば、地面が眩《まばゆ》い光を放つ。

「うわっ⁉」

思わず目を閉じた彼らは、光が収まった頃には大きな檻《おり》の中にいた。

「これは……」

「いたぞ、教会上層部だ！」

呆然とする彼らを、光に気付いて押し寄せた兵士たちが囲む。武器を向けられ怯《おび》える彼らの中心から、喚《わめ》き声が上がる。

「一体なにが起きた⁉」

太った男が檻《おり》の中の者たちを押しのけていると、突如空間の歪《ゆが》みが現れた。

「説明してあげようか！」

そこから出てきたのは、ポン太を抱えた花と覆面《ふくめん》姿のアルだった。

「ふっふっふ、大成功！」

悪戯《いたずら》が上手く決まって満足顔の花に、周囲から歓声が上がる。

「錬金術師様だ！」

「救いの錬金術師よ！」

「真の勇者様だ！」

最後にいつもと違う呼び方をされたのが気になるが、追及している場合ではない。

「これは、貴様らの仕業《しわざ》か⁉」

檻《おり》の中から太った男が怒鳴る。

「そうだけど、まさか本当に引っかかるなんてね」

花は肩を竦《すく》めて檻《おり》の中を見た。どうやったのかは簡単な話で、落書きの際にこの場にケージの絵を描いておいたのだ。ペンの色を地面と同じにして、見た目には絵があるとわからないように。

「お前のことだ、きっといざという時はこの逃げ道を使うと思った」

皮肉気に言うアルを、太った男がギラギラした目で睨《にら》む。

「貴様、裏切りの犬め！」

檻《おり》を掴んで揺らす太った男はアルを知っているらしいが、生憎《あいにく》、花は知らない。

「ねえ、これ誰？」

花が尋ねると、アルがあっさりと答えた。

「聖王国国教会の教皇だ」

「これがぁ⁉」

花は驚きのあまり、思わず二度見した。

教皇という響きから、もっと見た目がキラキラしくて弁がたって、とにかくカリスマ性が溢れる人間を予想していたのに。

――なんかイメージと違う！

どちらかというと、時代劇の典型的悪代官だ。これが勇者をはじめとした大勢の人を洗脳して、周辺国を混乱に陥《おとしい》れた張本人だなんて。

「ラスボスっぽい人を期待していたのに、こんな小者でがっかりだよ！」

「……こんな男が、教皇だと？」

周囲も花と同意見のようだ。地方で決起を窺《うかが》っていた者は、教皇を直に見たことがなかったはず。強大な敵だと思っていた相手がただの太ったおっさんだなんて、ある意味ショックだろう。

「儂《わし》をこんな男呼ばわりするとは、覚悟ができているのだろうな⁉」

花はまだ現実が見えていない教皇を無視して言った。

「このケージは中からも外からも攻撃を受け付けないから」

中の者は殺されることはないが、武器を手に囲まれている様子が丸見えで怖さも倍増だ。外の者も、彼らを勢いで殺してしまってもいいことなんてなにもない。罪人は後でちゃんと裁きを受けるべきだ。

彼らは大広場に引きずっていかれ、見世物にされることとなった。見渡す限りの群衆から石を投げられるのは、いくら攻撃が届かなくても恐怖だろう。

「今はこれでいい。そのうちみんなも熱が冷めるさ」

ちょっとした見世物になっている檻《おり》を見て、アルがポソリと言う。

「教会はこれで解決として、次はメインイベント行ってみようか！」

そう言って花が指さす先にあるのは、落書きだらけの城だ。

城門にも、大勢の人々が詰めかけており、兵士が慣れた手つきで城門を開けた。

「国王はどこだ！」

「犯罪者を逃がすな！」

彼らは口々に叫びながら城内を駆け抜ける。その進行を妨《さまた》げる者は誰もいない。みんな逃げたのだ。

城の奥にある謁見《えっけん》の間には、豪奢《ごうしゃ》な宝石のちりばめられた立派な玉座がある。その後ろに、ひ弱そうな若い男が隠れるようにしゃがみ込んでいた。

「何故だ、何故だ何故だ……」

男は先程からそればかりを繰り返していた。

「我は王、愚かな民衆の支配者。教皇の言う通りにしていれば、王として在《あ》れるはずだったのに。何故……？」

王である男が答えの見つからないままどうにもできずにいると、大勢の走る足音が聞こえてくる。とうとう群衆がここまでやって来たのだ。

バタン！

謁見《えっけん》の間の扉が乱暴に開き、大勢の兵士がなだれ込む。

「ひっ……！」

王が恐怖のあまり息を呑むと、能天気な花の声が響いた。

「王サマいたー？」

「なんだ……？」

か細い声で尋ねる王に、ポン太を抱えた花が片手を上げた。

「どうも！　なんか勇者だとかいう称号を新たに貰ってしまった、謎の錬金術師です！」

場にそぐわない明るい挨拶《あいさつ》をする花を、金ぴかのイスに縋《すが》りついている王が間抜け顔で見る。

――この国って、金ぴかが好きよね。

使いどころを間違わなければ豪華絢爛《ごうかけんらん》と言えるだろうに、この国の感性は正直悪趣味だ。

「錬金術師、だと？」

未だにポカンと間抜け面《づら》をしている王を、花はマジマジと観察した。

「本当にアルにそっくりだねー、こっちの方がナヨナヨしてるけど」

「……アルだと？」

王は途端に、耳障りな名前を聞いたと言わんばかりに顔をしかめた。

「あちらが我に似たのだ、己に似た犬がいるなど反吐《へど》が出る！」

「ずいぶんと元気ねぇ」

悪態をつく王を見て、花は呆れ顔だ。先程の教皇といい、敵に囲まれた状況でこの態度とは。自分の立場がわかっていないのか、はたまた条件反射で生きる馬鹿なのか。悩む花に、王が噛《か》みつくように叫んだ。

「お前が噂《うわさ》の錬金術師か！　邪神召喚の陣を各地にちりばめたという、悪辣非道《あくらつひどう》の！」

「ブフッ！」

待ち望んでいた暗号解読の結果発表に、花は思わず噴き出す。

――邪神召喚だって！

空気を読んで懸命に笑いを堪《こら》えるものの、腹がよじれそうだ。「ヒーヒー」言っている花の背後から、アルが嫌そうに発言する。

「なにを言うのだか。先に生まれたのは俺なのだから、そっちが似たんだろう」

覆面《ふくめん》を取って顔を晒《さら》したアルが、花の前に出て王を見下ろした。

「アル……？」

「なんだ、そっくりだぞ⁉」

アルの登場に、王どころか他の人々も驚く。花は一人だけ冷静に二人を見比べる。

「うーん。こうして見比べると王サマは迫力不足っていうか、凄《すご》みがないっていうか。アル劣化版って感じ？」

花の素直な感想に、王は顔を真っ赤に染めた。

「無礼な！　我は王で、そちらは影にしか生きられぬ犬だ！」

「じゃあ犬以下の王サマは、ポン太の餌《えさ》かしらね？」

花が抱えていたポン太を王の前へずいっと差し出す。ポン太がわざと「キシャー！」と脅《おど》すように鳴いてみせると、王は「ひっ」と悲鳴を上げて逃げようとしたが、囲まれていては逃げ道がない。

――なんていうか、ヘタレね。

そこいらの街のニーチャンよりもヘタレだ。これで王だとは、この国の将来が心配だ。いや、将来なんてもうないのだが。

その場の全員の呆れを一身に受けた王が、アルを睨《にら》みつける。

「貴様の差し金か！　悪辣非道《あくらつひどう》の錬金術師を雇い、家族を殺された復讐に来たのだな！」

ラスボス風なセリフだが、この場合は役者不足だ。アルもしらけた視線を王に向けた。

「興味がないな、そんなこと」

「……興味が、ない？」

掠《かす》れ声で呟く王に、アルが告げた。

「確かに父上と母上は失意のままに死んだ。最後の時まで俺に恨みつらみを吹き込んでな」

だが、それはあくまで両親の恨みであって、自分には関係がないと言う。

「二人はあくまで王位に固執《こしゅう》した。魔術の素質があるゆえに服従を強いられた俺と違い、二人ならば王族ではない生き方を選べただろうに」

物心ついた時から今の状況だったアルは、不満を抱えはしていても、両親が言い募るほどの恨みを抱かなかったそうだ。

「偶然とはいえ、ハナのおかげでせっかく自由になったのだ。俺は今からやりたいことをやる。その時間をお前に割《さ》くことなどしない」

アルが晴れ晴れとした顔で言い切った。

——おお、この短期間で成長したんだ！

することがないから花に付いてこようとした時とは大違いだ。年上であるが頭を撫《な》でてやりたくなった。人前なのでやらないけれど、家に帰ったら絶対にやる。

アルの宣言に、王が全身を震わせた。

「馬鹿を言うな、我は王だぞ！　誰もが羨《うらや》み、そして妬《ねた》む！　国で最も高き場所にいる存在！　だからお前は我を恨むはずだ、己に持ち得ぬ全てを持つ我を！」

自分自身に酔いしれているかのような王の言葉に、花は冷めた目で言い返した。

「あのさぁ、王サマがその金ぴかの服とイス以外に、なにを持っているっていうの？　人だって、お城にだぁれもいないじゃないの」

今の状況がこの王の全てだ。少しは王らしいことをしていたのなら、側近の一人くらい残っていてもおかしくはないのに。

「誰もいないなど、そんなわけがあるか！　ずっと呼んでいるのだから、きっともうじき軍が駆け付け、お前らを一網打尽《いちもうだじん》にする！」

そう叫んだ王は目を血走らせ、高笑いをする。

国で最も高い場所にいる存在なのに、まるで道化師のような男が哀れに思える。だが、最も哀れなのは、独りよがりの王様ごっこに振り回された国民だ。

「反省するどころか最後まで噛《か》みつく、その悪役根性だけは認めてやろうじゃないの」

根性を見せる場面を選んでいれば、違う結末があっただろうに。

「ポン太、悪い子にお仕置きの一撃！」

ビシッと王を指さす花の腕の中から、ポン太が高くジャンプする。

「キュッ！」

宙で一回転したポン太が尻尾をピンと立てると、雷撃が王に直撃した。

「……っ！」

髪の毛を逆立たせて白目を剝《む》き床に倒れた王だが、息はある。ポン太はちゃんと手加減したらしい。

「これにて一件落着！」

「キュー!!」

花の宣言に、王の上に着地したポン太が拳を突き上げポーズをキメる。

これが、聖王国の終わりの瞬間だった。


その日王都の夜は騒がしかった。酒を飲んで陽気に騒ぐ者は、仲間と肩を並べて自由を叫ぶ。

「俺たちは自由だ！」

「もう神殿の奴らにビクビクしなくてもいい！」

「『そう、真の勇者様のおかげで！』」

彼らが歌って踊る一方で、闇に紛《まぎ》れて王都の外に出ていく者がいる。

「こんなはずではなかった」

「神殿の奴らも情けない」

「なにが真の勇者様だ、迷惑な」

今まで甘い汁を吸っていた連中が不満を漏《も》らしながら、見張りが誰もいない正門を逃げるように出ていく。

様々な事情を持つ人々が行き交《か》う様子を、誰もいなくなった城の屋上からアルが見下ろしていた。

「……あっけないものだ」

つまらなそうに呟いた丁度その時、花が屋上へやってきた。

「いたいた！　こんなところにいないでよね、探したじゃんか」

両手に料理を持っている花の後ろには、酒瓶を背負わされたポン太もいる。

花は立っているアルの隣に「よっこいしょ」と座って、床に料理を並べた。

「なにをしている？」

不思議そうにするアルに、花はニパッと笑う。

「アルが打ち上げに参加しないから、料理だけでも持ってきたのよ。お酒もあるし」

花はポン太の背中を指し示す。

「……慣れない奴がここの食事を食べれば、腹を壊すぞ」

「あ、大丈夫。街のあちこちに水小屋を作ってきたから」

アルの懸念《けねん》に、花は胸を張る。

せっかく幸せ気分な夜なのに、水と料理が不味《まず》いなんて可哀相だ。だが、どれだけ水を売っても追いつきそうにないため、急遽《きゅうきょ》小さな流し台のみを設置した小屋を各所に作ったのだ。

——なにより、私が美味《おい》しいごはんを食べたい！

花の欲望による動機が大きいのだが、綺麗な水が出る蛇口に感動した人々は、さらに勇者伝説を口にしていた。

「座って座って！」

引く様子のない花に諦めたアルが座ったので、花はポン太から酒を下ろして、持ってきた二つのグラスに注ぐ。そして片方をアルに渡した。

「ほら、カンパーイ！　アルもやって！」

「……乾杯」

小声で応じたアルは、ため息をついてそのままぐいっとグラスを呷《あお》る。花も酒を飲んだら、早速料理に手をつけた。

「うん、そこそこ食べられるね！」

野菜や家畜を育てたり洗ったりする水がよくないので、どうしても微《かす》かに臭いが残っているものの、料理に綺麗な水を使ったおかげか、以前よりも多少マシになった気がする。

花が一人騒がしく食べていると……

「俺はこれから、どこに帰ればいいのだろうな」

ポツリと小さな声が聞こえた。チラリと隣を見れば、途方に暮れた顔をしたアルがいた。

――自分の国が滅んだんだしね。

仮にも王族だったアルのショックは計り知れないだろう。

けれどあえて、花はあっけらかんと言った。

「そんなの、これから見つければいいじゃない」

生まれ故郷が帰るべき場所だと言えるならば、幸せだ。しかし世界中の人がそうではない。戦乱で故郷に帰れない人や、アルのように故郷を失った人など、様々いる。花と魔王だってその一人だ。

――もう、日本を一目見ることも叶わないけれど。

けれど、そんな人たちのために、「第二の故郷」という素晴らしい言葉があるではないか。

「ここが第二の故郷だ！　って言い張れば、きっとそこがアルの故郷になるって」

花にとっての第二の故郷候補地は、リブレの街だ。

酒に興味を示したポン太が花のグラスをチロチロと舐《な》めながら、耳をピルピルと動かしている。

「それにアルは、私の護衛なんてしょう？」

金で契約をした関係ではないが、アルが頼んで花が了承した以上、どちらかが反故《ほご》にするまで契約は続く。

「だったら、アルは雇い主である私のところに帰ってくるべきよね！」

花はそう言うと胸を張った。

「……そうかもな」

アルが呆けた顔をした後、綺麗に笑う。

――美形はやっぱり笑顔が似合うね！

少し酔っ払ったポン太が、「シシシシ」と小さく鳴いていた。

聖王国は崩壊し、領土だった土地は侵略以前の国に分かれた。捕らえられた神殿関係者と元国王は裁判にかけられ、極刑もしくは終身刑となる。

各国は協定にて聖王国躍進の元である洗脳魔術を禁止魔術に指定し、逃げた神子《みこ》たちを指名手配した。万が一被害が出た時のために、花が「祖国を取り戻す会」に配った布を各地に分配し、備えているそうだ。

洗脳魔術の発端となった遺跡も封印し、文献も全て焼き払われた。ちなみに遺跡の封印をしたのは花だ。封印というのは正確ではなく、遺跡の上に新たな城を建ててしまった。

何故そうしたのかというと、落書きしまくった教会は取り壊しが決まった一方で、城は教訓としてあのまま残すと言われたからだ。あの落書き城を新たな国の門出《かどで》に使うのも可哀相な気がしたので、落書きした二つの城の代わりをそれぞれに作ることにした。

遺跡の上に作った城は神の便箋《びんせん》の裏紙を使ったので、人の力では壊すこともできない。つまり、その下にある遺跡を発掘するのも無理なので、完璧な封印っぷりだ。

後に落書き城は縁切りをしたいことを書けば叶うとまことしやかな噂《うわさ》になり、ちょっとしたパワースポットになったという。

元聖王国には、名前を新たにして新政府が立ち上がる。その式典で王族の撤廃《てっぱい》と新政府了承の宣言をしたのは、唯一残った王族のアルフレッドだった。

そして後始末を終えた花は、死の平原へ向かった。世界で一番魔素が濃い場所を正常に戻すには、魔王のエアコン力だけでは足りないからだ。

——私が最初にここに飛ばされたのって、ここを掃除しろって意味だったのね。

そうならそうと手紙に書いてくれればいいものを。神は謝罪と言い訳に無駄に手紙を消費し、そのことを知らせていないと気付かなかったのかもしれない。

それにここが通行可能になれば、誰でも高級キノコ狩りに行けるようになる。あの後、花がリブレの街へ戻った時、丁度訪れていた領主から、道が開《ひら》けばキノコ狩りをする業者が出て、街の新たな名産となるだろうと言われたのだ。死の平原が危険だという認識はなかなか改まらないかと思っていたのだが、魔族領のキノコが高級品で有名なことが、人々の決断を促《うなが》したらしい。

――美味《おい》しいものは、みんなで分かち合わなきゃね！

レビーナに確認したところ、魔族領を覆う結界はあくまで魔素対策らしい。侵入者警戒網は別にあるので、魔素が正常になれば結界を解くと言っていた。大昔は平原側からも人の行き来があったのだから、今更それを遮断《しゃだん》するつもりはないそうだ。

そんなわけで花は魔素正常エリアを作るため、まずはリブレの街近くの山脈の抜け道付近に家を作った。毎日家周辺をペンでせっせと落書きし、埋《う》め尽くしたら奥に引っ越して同じことを繰り返すのだ。引っ越しが魔族領まで行きついたら、今度はポン太の故郷の森を目指す。これでリブレの街から元聖王国まで遠回りせずに通れるようになる。

花の家が移動した後は誰でも入ってこられるので、周辺住人が様子を見に来る。また、近くの獣も移ってきたため、猟師小屋が建ち出す。

花としては、ただ落書きしながら移動するだけではつまらないので、畑いじりをはじめた。

「ペンで食べ物が出せないなら、自分で作るっきゃないってことよねー」

そう悟ってリブレの街で野菜の苗や種を購入し、家の前で育てている。

――まさか異世界で農業するとは。

日本にいた時は予想もしなかったスローライフだ。畑を耕《たがや》す作業だけはズルをして、ペンで畑を作ってしまったが。

「ハナ、牛の世話が終わったぞ」

ジャガイモを畑に植える花に、アルが声がかけてきた。

アルはこれまで顔がそっくりの王を憚《はばか》って怪しい覆面《ふくめん》スタイルでいたらしいが、その必要がなくなった現在、そこらの農夫のような格好をしている。麦わら帽子姿が意外と似合っていた。

――美形はなんでも似合って得だな！

そのアルの手に、ミルクがたっぷり入ったバケツがある。あれでチーズを作るそうだ。

魔素が正常になった場所は肥沃《ひよく》な土地となり、そこに生えた草を食べる牛のミルクは濃厚だ。アルが近隣の酪農家にミルクの出来を確認してもらいに行ったところ、相手が移住を検討するほどである。

このように花の護衛をしつつ、スローライフに付き合っているアルだが、当初は戸惑いがあったようだ。

――生活が真逆だもんね。

密偵《みってい》として人に使われ、酷使《こくし》される毎日だったアルなので、自然と共に生きる生活に慣れなかったのも当然と言える。

だが次第に楽しみを見出したのか、どこからか家畜を連れてきて世話をはじめたのだ。新たに作った家畜小屋には、牛の他に鶏《とり》と豚がいる。

「キュー！」

新鮮ミルクの匂いを嗅《か》ぎつけたポン太がいそいそやって来た。

ポン太も基本的に花と一緒にいるが、たまに高級キノコを手土産《みやげ》に里帰りしている。まだ森まで魔素正常エリアが通っていないので、ポン太専用里帰り道路を作った。するとポン太が時折コンの子供を連れてやって来るようになったのだ。ポン太の跡をつけて来る子供たちがうっかり魔素地帯へ出ないように、道を教えてやるらしい。家の周りで遊ぶ子タヌキを見るのは、花の癒《いや》しだ。

たまにスローライフに疲れたら、魔王から飛竜を借りて遊びに出かける。お気に入りは港町での海鮮三昧《ざんまい》だ。

そんな生活をしていると、いつの間にか聖王国崩壊から三年が経った。

「今日の夕食はなににしようかな〜♪」

晴天の下、花が歌いながら人参《にんじん》を畑から引き抜いていると、空が急に陰《かげ》る。

「山田さーん！」

上空から声がしたので見上げてみれば、魔王を乗せたグリフォンのポチがいた。たまにこうして遊びに来る魔王は、だんだんと引き籠《こ》もりが改善しているらしい。

もちろん一人で来るはずもなく、護衛がついている。

「……どうも」

そう言って頭を下げたのは、なんと元勇者だ。彼は魔族領での治療の甲斐《かい》あり無事に回復し、今では魔王の護衛をしている。引き籠《こ》もりの同志として意気投合したのだとか。たまに対戦ゲームに付き合ってくれるそうで、なかなか筋がいいという。

魔王が人参《にんじん》を食べようとするポチを阻止しつつ、花に尋ねた。

「山田さん、今から温泉に行きませんか!?」

前のめりの魔王がキラキラした目で言ってくる後ろで、元勇者が苦笑している。

「……まさか」

「そう、温泉レジャー施設が完成したんですっ！」

フルフルと震える花に、魔王が鼻の穴を膨らませて答えた。

「行く行く、絶対に行く！」

いきり立つ花が魔王を引き連れて自宅に行くと、アルが軒先《のきさき》で野草や野菜を干していた。その横でポン太が日向《ひなた》ぼっこしながらつまみ食いをしている。

「おぅい、アルー！」

叫ぶ花に気付いて片手を上げるアルに向かって駆け出す。そして体当たりをしたら、揺らぐことなく受け止められた。

「お帰り、ハナ」

「ただいま！」

もはや言い慣れた風の挨拶《あいさつ》に、花は満面の笑みで返す。

――家に待っている人がいるのって、やっぱりいいね！

ここが自分の帰る場所だと思えるのだから。

「温泉レジャー施設ができたんだって！　アル、ポン太も行くよ！」

花の宣言に、アルが首を傾げた。

「あのグリフォンに全員は乗れないだろう」

ポチの定員は二人で、魔王と元勇者が乗ったら一杯になる。だが、その程度は問題でない。

「抜かりはない！　この日のために考えていた計画を実行するまでよ！」

そう言って花が家から持ち出したのは、神の便箋《びんせん》の裏紙だ。そこには細長い長方形が、ヒョロヒョロとした線で描いてある。

「また謎の絵を……」

「ぶっといストローとか？」

「……降参です」

呆れるアルに、どうにか答えを捻り出す魔王、お手上げの元勇者の三人に、花は頰を膨らませた。

「高速道路なんですー！」

草の上を自転車で移動するのは走り辛く、起伏もあるので大変だ。かといっていちいち迎えを頼むのも、思い立った時に行けないという欠点がある。そこで閃《ひらめ》いたのだ、走りやすい道路があればいいじゃないかと。

――私、頭イイ！

便箋《びんせん》の裏紙に描いた道路には、現在地から魔族領までの直通道路と補足を入れている。

「念のため、魔族領にも道路作製の許可を貰ったもんね！」

「……そういえば、そんな話を聞いた気が」

魔王が思い出したように呟く。

色々と意見がありそうな周囲を放っておいて、花は早速便箋《びんせん》の裏紙を地面に置き、ペンのボタンを押す。

「カモン、高速道路！」

カーン、カーン、カーン！

鐘三つが鳴ると家の前の地面が光り、そこから真っ直ぐな道ができた。景観を考えアスファルトではなく石畳にした上、途中の山はトンネルが貫《つらぬ》いている。

「なんか、あの万里《ばんり》の長城《ちょうじょう》モドキがどうやってできたか、今わかった気がする……」

一瞬でできた道路を見た魔王が、遠い目をして言った。アレを作った魔王は、花と似たような能力を持っていたのかもしれない。

「細かいことはいいじゃないの！」

花は笑ってアルと魔王の背中をバシバシ叩くと、家から温泉セットを詰めたリュックを持ち出す。

自転車の前カゴにポン太、荷台に花を載せ、アルがサドルに座る。魔王たちも高速道路が気になるらしく、ポチを走らせていくそうだ。

「さあ、温泉に向けてしゅっぱーつ!!」

拳を突き上げた花の声が、平原の空に響き渡った。

新＊感＊覚　ファンタジー！

レジーナブックス
Regina

レジーナブックス
Regina

薄幸女子高生、
異世界に夜逃げ!?

宰相閣下と
パンダと私 *1〜2*

黒辺《くろべ》あゆみ
イラスト：はたけみち

亡き父のせいで借金に苦しむ女子高生アヤ。ある日、借金取りから逃走中、異世界の森へ飛んでしまった！　そこへ現れたのは、翼の生えた白とピンクのパンダ!?　そのパンダをお供に、ひとまず街を目指すアヤ。ようやく辿り着いたものの、ひょんなことから噴水を壊してしまい、損害賠償を請求されることに。しかも、その返済のため、宰相閣下の小間使いになれと命令されて——!?

詳しくは公式サイトにてご確認ください。
http://www.regina-books.com/
携帯サイトはこちらから！

黒辺あゆみ（くろべあゆみ）
福岡県在住。2006年よりネットで小説を書き始める。2015年「宰相閣下とパンダと私」で出版デビュー。

イラスト：はたけみち

錬金術師《れんきんじゅつし》も楽《らく》じゃない？

黒辺あゆみ（くろべあゆみ）

2017年 9月 5日初版発行

編集－反田理美・羽藤瞳
編集長－塙綾子
発行者－梶本雄介
発行所－株式会社アルファポリス
〒150-6005東京都渋谷区恵比寿4-20-3 恵比寿ガーデンプレイスタワー5F
TEL 03-6277-1601（営業） 03-6277-1602（編集）
URL http://www.alphapolis.co.jp/
発売元－株式会社星雲社
〒112-0005東京都文京区水道1-3-30
TEL 03-3868-3275
装丁・本文イラスト－はたけみち
装丁デザイン－ansyyqdesign
印刷－大日本印刷株式会社

価格はカバーに表示されてあります。
落丁乱丁の場合はアルファポリスまでご連絡ください。
送料は小社負担でお取り替えします。

ISBN978-4-434-23701-0 C0093